偽装結婚のはずが愛されています
～天才付与術師は隣国で休暇中～

JN011191

Sora Hinokage
日之影ソラ

Illustration:Mami Surada
すらだまみ

NOVELS

CONTENTS

偽装結婚のはずが愛されています
～天才付与術師は隣国で休暇中～

プロローグ　働きすぎな付与術師

テーブルの上には山積みになった書類。ガラクタみたいに乱雑に箱へ入れられた素材たち。後ろを振り向けば、ずらっと並べられた武器や防具。鉄と埃《ほこり》の臭いにも慣れてしまうほど、私はこの場所に居続けている。

ガギギギギ――

古びた扉が悲鳴みたいな音を立てて開く。姿を見せたのは、宮廷の仕事を管理している秘書さんだった。

秘書さんはメガネをくいっと持ち上げて、いつものように偉そうな顔で言う。

「フィリスさん、お願いしていた仕事は終わっていますか？」

「すみません。まだもう少しかかります」

素直に現状を報告する。納品の予定は明日だから、まだ遅れているわけじゃない。だけど秘書さんは決まって、大きなため息をこぼす。

「しっかりしてくださいよ。毎回言っているはずです。納期はあくまでギリギリのラインです。その期日までに終わればいいというものではありませんよ」

「……」

そんなこと言われても……。

と、心の中ではぼやく。現実で口に出そうものなら、すぐさま反撃されてしまうだろう。だから私は申し訳なさそうな顔で謝る。

「すみません。すぐに終わらせます」

「頼みましたよ。あまり遅いようなら陛下にご報告させていただきます。あなたの代わりなんて、いくらでもいるんですから」

「……はい」

秘書は扉を閉めて去っていく。

嘆きのような音を立てた扉が閉まり、再び一人になったところで。

「はぁ～」

私はすべてを吐き出すように盛大なため息を漏《も》らした。

全身の力を抜いてだらんとする。テーブルに頬をつけると、やる気のない顔が鎧《よろい》に反射して映っていた。

「納期がギリギリって……そもそも一人でやる量じゃないのに……」

この倉庫に保管されている物すべてに付与術を施すのが、私に任された仕事だった。

私は付与術師として宮廷で働いている。もう三年になる。

十五歳で宮廷入りした私は注目されていた。なぜなら私が史上初めての宮廷付与術師となったからだ。

薬師、魔導具師、鍛冶師……宮廷で働く者たちの職種は多岐にわたる。しかし付与術師はその中に含まれていなかった。

なぜなのか。それは単に、必要なかったからだ。

付与術とはその名の通り、能力を物に与える力。魔法の一種であり、効果付与できる対象は人間から無機物まで様々。

多様性はあるものの、基本的には効果は一時的なものであり、術者によってムラが生じてしまう。所詮はその場しのぎの力であるとされ、元から特別な効果を持つ道具を作る魔導具師が重宝され、付与術師は求められていなかった。

一番の問題は、効果が永続的ではないということにある。だから私は頑張って修業して、効果の発動時間の延長と効果そのものの強化に励んだ。

効果の発動時間の問題さえ解決すれば、付与術は極めて便利な力だ。

きっと王宮でも認められる。そう思って努力をし続けた私は付与術の有用性を証明して、この国で初めての宮廷付与術師になった。

「……まではよかったんだけどなぁ……」

華々しい始まり。誰もがうらやむような宮廷で仕事ができる。と、思っていたらこの現状。

明らかに一人でこなせる量ではない。

騎士団の鎧や剣をすべて一人で任され、期日までに特定の効果を付与して納品しなければならない。

騎士団の人数は全体で五万人。そのうち王都にいる騎士たち一万五千人を、私一人で担当していることになる。

誰が聞いても無茶苦茶だと思うはずだ。でも、これが現実。

私はなんとか仕事を効率化させて、いつもギリギリで納品している。おかげで休む暇もない。

一日の大半を仕事に当て、休日出勤は当たり前。

睡眠時間は一日二時間ほど。人間らしい生活は送れていないと自覚している。

「はぁ……辞めたい。でも……」

辞められない理由がある。私はどうしても、お金が必要なんだ。

なぜなら私には――

トントントン。

扉をノックする音が聞こえる。秘書さんじゃない。あの人はノックもなしに平然と入ってくるようになったから。

「フィリス、いるかい？　僕だよ」

「――！　どうぞ」

ノックをしたその人はちゃんと確認してから扉を開けてくれる。

私は埃をかぶった服を手でパンパンと払い、できるだけぴしっとした姿勢で出迎える。

「いらっしゃいませ。サレーリオ様」

「ああ、こんにちは、フィリス」

さわやかな笑顔を向けてくれる彼は、サレーリオ・ラトラトス。ラトラトス家の次期当主であり、私の婚約者でもある。私の、唯一の理解者だ。

サレーリオ様は倉庫を右から左へぐるっと見渡す。

「相変わらず暗くて埃っぽい場所だね。こんな場所で仕事をしていて、体調は大丈夫なのかい？」

「あ、はい。もう慣れてしまいましたので」

「そうかい？　目の下にまたクマができているようだけど？」

「こ、これは……いつもです」

恥ずかしいところを見せてしまった。

サレーリオ様の前では、一人の女性として振る舞いたい。この人にだけは嫌われたくないと思っているというのに。

それに彼には、彼の家には大きな恩がある。

「急に来てすまないね。仕事中だっただろう?」

「い、いいえ、少し休憩しようと思っていたところです」

と、軽く嘘をつく。本当は休憩なんてしている暇はない。でも、サレーリオ様と少しでも長く話をしていたいから。

「そうか。仕事のほうは頑張っているかい?」

「もちろんです。サレーリオ様やラトラトス家の皆様のご恩に報いるために頑張っています」

私には多額の借金がある。

元は王都でも有数の貴族だったけれど、両親が不慮の事故で亡くなってしまい、手掛けていた事業もすべて他人の手に渡ることになった。

私には悲しんでいる暇すらなかった。

その責任を取らされ、多額のお金を要求された時、ラトラトス家がそれを肩代わりしてくれた。

昔から懇意《こんい》にしていた間柄で、当時からサレーリオ様と婚約していたことも理由だったのだろう。

身売りされる寸前だった私は、彼らによって救われた。だから私は、その恩を返したい。

肩代わりしてもらったお金を自分で働いて返すためにも、宮廷付与術師になったんだ。

「そうか……忙しいとは思うけど、少しだけ時間をもらえないかな？」

「はい！」

サレーリオ様のためなら、何時間だって予定を空けよう。

私も話したい。仕事ばかりでまともに会話する機会も久しぶりだ。

日ごろの疲れも、秘書さんから受けている辛辣な対応へのストレスも、彼との時間が癒《い》やしてくれる。

「大事な話があるんだ」

「はい……」

大事な話？

一体何だろう。いつもにこやかなサレーリオ様が暗い顔をしている。

何か悩みでもあるのだろうか。だったら私も解決のために協力したい。彼の助けになれるなら、と、前のめりになって彼の言葉に耳を傾ける。

そして──

「フィリス……君との婚約を破棄させてもらうことになったんだ」

「……え？」

告げられた一言に、私は言葉を失った。

聞こえた単語が脳内で再生される。聞き間違い、だと思いたい。私は顔を引きつらせながら、サレーリオ様に問いかける。

「え……っと、サレーリオ様？　いま、なんと……」

「君との婚約を破棄したい」

二度目はよりハッキリと言い切られた。おかげで鮮明に聞こえて、もはや聞き返す必要もない。

信じがたくとも、事実が目の前にある。

「どうして……」

「……そうだね。理由はいくつかあるんだが、まず最初に、決定的な事実を伝えておこう」

「決定的な……」

事実？

「僕と君の婚約は、君のご両親が健在だった頃に結ばれたものだ。いわゆる政略的な意味合いで。君の家、リールカーン家が厳しい状況になっても変わらなかったのは、君のご両親との縁があったからに他ならない」

それは理解している。私たちの婚約が、貴族間のつながりを強固にするためのものであったことも。それを知った上で、私はサレーリオ様をお慕いしていたのだから。

「僕が君と婚約していたのは家の意向で、僕自身の希望じゃないんだ。もっとハッキリ言ってしまうと、僕は君を愛しているわけじゃない」

「――――！」

わかっていた。いや、わかってはいなかった……のだろう。

勘違いしていたんだ。

両親がいなくなり、貴族としての立ち位置もあやふやになった私と、今日まで変わらずに接してくれていたから。

元は決められた婚約でも、彼は私のことを本気で大切にしてくれているのだと。

そう思ってしまっていた。ただどうやら、それは私の勘違いだったらしい。

ショックで全身の力が抜けそうになる。だけどまだ話は終わっていない。

打ちひしがれる私に追い打ちをかけるように、サレーリオ様は続ける。

「でも僕は、ついに見つけたんだ。僕が本気で思える相手を。そう！　真実の愛を！」

「真実の……それって」

「紹介するよ。僕の新しい婚約者だ」

サレーリオ様が扉に向かって呼びかける。

誰かが中に入ってくる。

やめてほしい。新しい婚約者なんて……そんな人を見てしまったらいよいよ立ち直れない。

目の前の事実が余計に現実味を増してしまう。

「こんにちは、フィリスさん」

「……レイネシアさん？」

彼女はニコッと微笑む。

「ああ、やっぱり顔見知りではあったんだね」

「ええ、同じ宮廷で働く者同士、職種は違えど顔を合わせる機会はありますわ」

レイネシア・ハイベル。知らないはずはない。

彼女は私と同じ時期に宮廷入りを果たした人。職業は魔導具師。私より一つ下、十四歳という若さで宮廷入りした天才魔導具師……だった。

タイミングが悪かったんだ。私が初めて宮廷付与術師になったことで注目され、彼女にスポットが当たることはなかった。

本来ならもっと評価され、周囲からも尊敬される存在になるはずだったのに。

必然、彼女は私のことが嫌いになった。没落した元名門貴族の令嬢、という肩書も気に入らなかったらしい。

働き始めてからずっと、私に嫌がらせをしていた。

「知り合いなら話が早いね。彼女が僕の新しい婚約者だ。僕は彼女と出会い、本当に人を愛することがなんなのかを知った」

「私も愛していますわ。サレーリオ様」

わざとらしく、見せつけるように。

彼女はサレーリオ様にくっついて、色っぽい声を出す。

まさか、と思った。けどこの勝ち誇ったような表情……間違いない。

彼女は意図的に、私からサレーリオ様を奪ったんだ。

「ま、待ってください、サレーリオ様！　私との婚約はラトラトス公爵様との約束で、いくらサレーリオ様が新しいお方を見つけたと言っても簡単には――」

「もちろん、すでに了承済みだよ」

「え……」

「君との婚約を破棄する理由はいくつかある。そう言ったはずだ」

彼は険しい表情を見せる。

まるで他人……知らない人みたいに。

「宮廷での君の評判をよく耳にする。期待されていた当初とは違って、今はあまりいい評判を聞かないよ」

「そ、それは……」

「いつも納期ギリギリで、一日中倉庫に籠《こ》もって仕事をしている。婚約者である僕との時間も積極的には取れていない。正直言って、父上も困っていたんだよ」

「そんな……」

それは与えらえる仕事量が多すぎて一人じゃ……と、言い訳を漏らしそうになって、咄嗟《とっさ》に口を塞《ふさ》いだ。

今ここで言い訳をしても反論されるだけだ。

「それに比べて彼女は優秀だよ。悪い話を一つも聞かない。秘書からも聞いたよ、彼女こそ理想的な宮廷魔導具師だとね」

「そんな。私は当たり前のことをしていただけです」

「ははっ、それがすごいことなんだよ」

「ありがとうございます」

彼女は私に視線を向ける。言葉には出さない。けど、伝わる。

いい気味ね。

そう言っている目だ。

「他にもまだ理由があるが……もう十分だろう。それとも聞きたいかい？」

「……いえ」

「そうだろうね。じゃあ、君とはこれっきりになる。ああ、借金の返済は今後も続けてもらうよ。君との婚約を破棄したことで、本来なら縁もなくなるはずなんだが……」

「サレーリオ様はお優しいですわ。フィリスさんも感謝していますよ、ねぇ？」

あなたに言われなくても感謝はしている。けど、私の彼への思いは冷めきってしまった。

結局私は一人だったんだと思い知らされた。

「……話は終わりですよね。じゃあ……私は仕事に戻りますので」

「そうだね。さようなら、フィリス。今日までありがとう。どうか君も幸せになってくれ」

「……はい」

「それではフィリスさん、ごきげんよう」

二人は去っていく。

バタンと閉まった扉を眺めながら、私は一人になった。本当の意味で、独りぼっちになった。

ポツリ。

「あ……れ？」

ふいに涙がこぼれてしまった。

両親がいなくなったとき、私はもう泣かないと決めていた。

強く生きるしかない。

涙を流している暇なんてないと思ったから。だけど無理だ。そんな覚悟も揺らぐほど、私は何もかも奪われた気分になっている。

気づけば瞳から涙が溢れ出て、ぐしゃぐしゃの顔で仕事を続けた。


翌日の早朝。結局一日じゃ終わらなくて、夜通し倉庫に籠もって作業をした。

あれから一睡もできてない。忙しかったこともあるけど、やっぱりショックが大きかった。

仮眠を取ろうと目を瞑ると、瞼《まぶた》の裏にあの光景が映し出される。

君との婚約を破棄する。

信じていた相手に裏切られた気分だった。彼だけは、私の味方でいてくれると思っていた。

どんな時も、これから先も、彼が支えてくれると思っていた。

「仕方なく……だったのね」

そこに愛はなかった。

私からの一方的な思い、信頼しかなかった。

そう、彼はきっと悪くない。

私という婚約者がいながら、他の女性と親密になっていたことも。全部私が悪いんだ。

わかっている。わかって……いるけど……悔しい。

何より、その相手が彼女だったことが腹立たしかった。

彼女が優秀？

私と違っていい評判しか聞かない？

そんなの当然よ。だって彼女の仕事量なんて、私に与えられている十分の一もないんだから。一人分の適切な仕事量をこなしているだけ。そんなのみんなやっている。

私はその十倍以上を一人で頑張っているのに、仕事が遅いとかサボっているなんて囁《ささや》かれる。

理不尽だ。寝不足も相まって、なんだかイライラしてきた。

早朝の誰もいない宮廷を歩く。

一度部屋に帰って休もう。この時間はまだ誰も出勤していないから静かだ。

「はーあ、いっそ宮廷なんて辞めちゃいたいなぁ……仕事は無理やり押し付けられるし、いつもガミガミ言われるし、寝られないし……」

なんて、誰も聞いていないのをいいことに本音を漏らす。これから先の人生、私は借金を返すためだけに費やすことになる。

そんなの……。

「嫌だ」

「――辞めたいなら辞めればいいんじゃないか？」

「簡単に言わないでよ。私の家には返さないといけない借金が……え？」

「そうか。借金が問題なのか」

誰かがいる。思わず立ち止まり、声がした方向へ振り向く。

そこに立っていたのは見知らぬ男性だった。気軽に話しかけてきたから知り合いかと思ったけど、こんな人は知らない。

「いいことを聞いたな」

「あ、あの……」

今の話を聞かれてしまった？

どうしよう。思いっきり宮廷の悪口を言ってしまった。ここにいるってことは、彼も宮廷で働く誰か？

今の話を秘書さん……いや、陛下の耳に入れられたら、私は間違いなくクビだ。

「い、今のは違いま……」

「違うのか？」

「……」

別に、クビになってもいいじゃないか。

私がここで働く理由は、一刻も早くラトラトス家に借金を返すためだった。

借金のある相手と結婚なんて、サレーリオ様に恥をかかせてしまう。せめて正式な結婚をするまでに返したいと。

でも、その必要もなくなった。急ぐ必要もなくなったのなら、のんびり返せばいい。

無理に過酷な環境で働くことも……。

「伝えたければ伝えてください。私は……もういいです」

「伝える？　誰にだ？」

「誰にって、秘書さんに……」

「なぜ俺がそんなことをするんだ？」

逆に質問を返されてしまった。

私は首を傾げる。すると彼は小さくため息をこぼし、得意げな顔で言う。

「お前は勘違いしているようだが、俺はこの国の人間ではないぞ」

「……え？」

「見えないか？　この紋章が」

彼は自分の服に刺繍《ししゅう》された紋章を見せつける。確かにこの国のものじゃない。

あれはたしか隣国の……。

「イストニア王国の……紋章？」

「そうだ」

「どうして隣国の方が。ここは宮廷ですよ？　勝手に入っちゃ……」

「無論許可は取ってある。というより、この国には客人として招かれて来たんだ」

客人？

宮廷に足を踏み入れている時点で、それなりの立場の人であることは間違いない。

隣国では名の知れた貴族の方？

でも、どうしてそんな人が早朝の宮廷にいるんだろう。やっぱり不自然だった。

こんな時間、職員すらまだ出勤していないのに。

普通の人じゃない。もしかして、客人というのも嘘で不審者かもしれない。

私は警戒心を強めて、後ずさりながらじっと彼を見つめる。

「何を逃げようとしているんだ？」

「うっ……あ、あなたが誰かわからないので一応……」

「なるほど。ならば先に名乗っておこう。俺の名はレイン・イストニアだ」

「イストニア……え？」

倉庫に閉じ籠もりがちな私でも、その名でピンとくる。なぜならその名前は、隣国の名前にもなっているのだから。

国の名前が家の名前……つまり彼は――

「お、王族の方……ですか」

「ああ、そうだぞ」

「――も、申し訳ありません！」

咄嗟に私は頭を下げた。隣国とはいえ王族の方に、私はなんて不敬な態度を取ったのだろう。

もはや罰は免《まぬが》れないと覚悟した。

「気にするな。俺も勝手に出歩いているだけだ。それにここはお前たちの国だろう？　そう畏《かしこ》まらずに堂々としていればいい」

「い、いえ……そんなことは……」

「特にお前は、もっと威張《いば》ってもいいと思うが？　フィリス・リールカーン」

思わず顔を上げる。

私はまだ名乗っていない。それなのに家の名前まで知っている。

他国の王子様が、私のことをどうして？

目が合って、彼はニヤリと笑みを浮かべる。

「この国のめぼしい貴族令嬢の名はすべて記憶している。俺の意志ではなく、父上の計らいだがな」

彼は大きくため息をこぼす。

「俺がここに来たのは、妻になる女性を探すためだ」

「え……」

「驚くか？　まぁそうだろうな。なぜ他国の王族が、わざわざ自らの足で探しに来ているのか。答えは簡単だ。今の俺に、結婚する気などないからだ」

「どうして……」

「聞きたければまずしっかり顔を上げろ。いつまでも見苦しいぞ」

「は、はい！」

私はすぐさま姿勢を直し正面を向く。殿下は小さな声で、よしと呟いて話し始める。

「俺に結婚する気はない。ただ、結婚そのものを嫌っているわけではない。嫌気が差したのは、俺に言い寄ってくる者たちの態度だ」

「態度、ですか？」

「ああ、なんだあれは。俺に取り入ろうとするばかりじゃないか。誰も俺を見ていない。見ているのは俺の名前、立場、権力……未来だ。それを悪いとは言わない……が、少なくとも俺は、そんな相手と婚姻したいとは思わない」

少しだけ、共感する。

王子という立場しか見ていない相手に言い寄られ続けて、いつしか彼は結婚そのものを避けるようになったらしい。

結婚が嫌なのではなく、すべき相手が見つからないと。

「だが父上や周りは、早く相手を見つけろとうるさくてな。ならば国外でもいいから、いっそ適当に相手を見つけてこようかと……思っていたら、お前を見つけた」

「……え？」

さっきから驚いてばかりだけど、これが一番の驚きだった。

「フィリス、お前を俺の妻にする」

「……」

「聞こえなかったか？　俺の妻になれと言ったんだ」

聞こえてはいる。

ハッキリと。驚きすぎて声も出ないだけだ。

「な、ななな、何をおっしゃっているんですか？　私が殿下と？」

「そうだ。適任だと思うが？」

「ぜ、全然適任じゃありません！　どうして私なんですか？」

「条件がそろっているのと、利害が一致しそうだからだ」

「り、利害？」

話が見えてこない私に、殿下は説明を続ける。

「お前はさっき言っていたな。仕事を辞めたいと」

「うっ……はい」

「だが簡単には辞められない理由がある。借金があるそうだな」

「は、はい」

「その借金を俺が肩代わりしてやろう」

またしてもビックリする発言が飛び出す。もはや何に驚くべきなのかも見失ってしまいそうだ。

「そうすればお前を縛るものはない。俺の国に、俺の妻として来い。そうすれば、今の環境から大きく変わる。俺としても、表向きは妻を演じてもらえればそれでいい。悪くない話だろう？」

「い、いやでも、私はただの付与術師で」

「ただの、ではない。史上初の宮廷付与術師で、生まれも一応は名家だろう？　条件は十分に満たしている。他国との親交を深めるという意味でも、政略的価値がある」

「そ、そうなんですか」

納得していいのだろうか。認めてもらえている気がするけど、素直に同意できない。

私には、私の価値がわからないから。

「まぁ、お前にその気がないなら無理にとは言わない。これはいわゆる契約結婚。互いの利益のために協力するか否か。選べ」

これは究極の選択だ。宮廷でこれから先も働き続けるか。異国の王子様の妻になるか。

人生が天と地ほどに変わるだろう。

「私は――」

どちらを選んだほうが幸せか。そんなこと決まっている。

◇◇◇

「――今までお世話になりました」

「……」

いつも威張る秘書さんに、私は最後の挨拶をした。

私はこれから隣国へ行く。殿下と結婚して、王族の一員になる。それを快く思っていないのが丸わかりな表情だった。

「頼まれていた仕事はすべて終わっています。今後のお仕事は、新しい方を探してください。それでは」

「ま、待ちなさい。フィリス・リールカーン……あなた、どうやって……」

「それにお答えする義務はありません。それと、婚姻はすでに決定しています。私はもうすぐフィリス・イストニアです。間違えないでください」

「っ……」

悔しそうな顔が見えた。私は性格が悪いのかもしれない。その顔を見て、少しだけスカッとしてしまったから。

「さようなら、私の故郷」

こうして、私は隣国へと旅立った。

もう二度と、ここへ戻ってくることはないだろうと予感して。

◇◇◇

隣国へ来て一週間が経過した。

「……疲れたぁ」

私は自室のベッドに倒れこむ。ここ数日、私に自由はなかった。

予想はしていたけど手続きやら挨拶回りやら、披露宴もあって毎日が忙しくて。宮廷で働いていた頃と同じか、それ以上に怒涛の日々を送っていた。

ただの仕事じゃなくて、王族として振る舞うのがこれほど大変だったとは……。

「思わなかったか？」

「――あ、殿下！」

慌てて立ち上がる。思わず口からこぼれていたらしい。

はしたない姿を見られてしまった。

「気にするな。ここはお前の部屋だからな。自由にしていろ」

「は、はい……」

だったら勝手に入ってこないでほしいけど……。

まだ知り合って間もないけど、殿下のことが少しずつわかってきた。

彼は王族とは思えないほど自由な人だ。

偉い人なのに、そう感じさせないように振る舞っている。だからか多くの人から慕われている。

貴族はもちろん、平民にも。今さらながら、すごい人の妻になった……。

「忙しいのも今日までだ。明日からは特に予定はない。好きにダラダラしているといい」

「は、はぁ……」

「ああ、そうだ。一応聞いておくが、大臣からお前の付与術のことで相談を受けていてな。可能ならこっちでも多少仕事をしてほしいそうなんだが、どうする？」

「それは、私が決めていいんですか？」

「もちろんだ。お前はもう、俺の妻だ。決定権はお前にある」

仕事を受けるかどうか、自分で決められる？

そんな夢みたいなことがあるの？

「どうする？」

「受けます。何もしていないのも申し訳ないので」

「そう言うと思った。真面目な奴だなお前は。やりすぎないように注意しておけ」

「はい」

そう言って私に依頼内容の書かれた紙を手渡し、殿下は部屋を去っていった。私と違って殿下はこれからも忙しい。

この後も会議があるそうだ。

「えっと……結構多い」

でも、これなら一日で終わって余裕もある。宮廷で要求されていた量に比べたら全然大丈夫そうだ。

明日から……。

「うーん……今日からやっておこうかな」

どうせこの後の予定はないし。

殿下も頑張っているのに、私だけ寝ているのもなんだか申し訳ない。

翌日。昼頃になって、私は報告のために殿下の執務室を訪ねた。

「殿下、ただいまよろしいでしょうか」

「いいぞ、どうした？」

「昨日いただいた依頼が終わったので報告に来ました」

「……な、もう終わったのか？」

殿下はひどく驚いた。

嘘だと疑われているのかと思って、私は慌てて言う。

「ちゃんと終わっていますよ。倉庫にあるので見ますか？」

「いやいい。さすがに嘘だとは思っていないが……早すぎないか？　大臣からは十日後の遠征までにと言われていたんだが……」

「そうだったんですね。ですが、あの量なら宮廷で受けていた頃よりずっと少ないので」

「なるほど……いや、ご苦労だったな」

「ありがとうございます。次はどうすればいいでしょう」

それは自然に出た言葉だった。

一つの仕事が終わったから、次もすぐに取り掛かろうとしてしまう。宮廷で習慣化していた仕事への姿勢が抜けていない。殿下は呆れた顔で呟く。

「十日分の仕事を終わらせたんだ。あと九日は休んでもいいんだぞ？」

「さ、さすがにそこまで休むのは申し訳ないです」

「誰にだ？　俺はいいと言っている。お前はあれだな。働きすぎて感覚がマヒしているのだろう」

そう言いながら彼は立ち上がり、私の隣に歩み寄る。

「よほど過酷な環境にいたんだな。思っていた以上に……」

「すみません……ですがその、今までちゃんと休んだことがなかったので、どうすればいいのかわからなくて……」

「まぁ、頑張り屋は嫌いではない。程よく頑張って、しっかり休め。自分の身体も大切にするんだぞ？」

「ぇ……はい」

優しく囁かれ、彼の手が頬に触れる。気遣われたことなんて今までなくて、どう反応していいのかわからない。

ただすごく、心が温かくなって……。

ドクッと大きく心臓が動く。

これは偽装結婚。私たちにあるのは利害関係で、それ以外はない。けど……この選択は間違っていなかった。そう思える気がした。

◇◇◇

同日、夜。

レイン王子は大臣に依頼完了を報告した。

「なんと、あの量をたった一日で！」

「ああ、向こうではもっと多い量を一人でこなしていたそうだ」

「いやはや信じられません。私は正直なところ、あの量を十日では断られると思っておりました。私の知る限り、優秀な付与術師がなんとか終わる量だったのですが……」

「そうだったのか？　あいつは余裕そうだったが……」

彼女が次の仕事さえすぐに要求してきたことを大臣に伝える。

大臣はさらに驚く。

「すさまじい速度ですな……あ、いや、しかし大丈夫なのでしょうか？　付与術は効果が持続しない欠点がございます。十日に設定したのも作業が後ろに集中することを見越してだったわけで」

「ん？　あいつが言うには二か月は持つそうだぞ。ついでに他の効果も付与しておいたという話だったから、後で確認するといい」


驚愕する大臣を見て、レインは冷静に分析する。おそらく一般人が知っている付与術師のイメージから、フィリスが逸脱していることを。

「……は、はい。いえ、にわかに信じがたいですが……それが事実なら殿下、あなたはとんでもないお方を妻に選ばれたのですね」

かの宮廷の過酷な環境も、彼女だからこそ耐えられていたのだろう。

過酷だったからこそ、磨かれた付与術師としての技能がある。

「ふ、ふふ……」

「殿下？」

「いやすまん。想像したら笑えてきたんだ」

「何をですか？」

「……あの国の今だ。彼女を失ったことは間違いなく大きな損失だろうからな」

「まさしく。今頃嘆いておるかもしれません」

天才というのは存在する。どの分野にも、どの世界にも必ず。

しかし彼女がそうであるように、環境のせいで潰されそうになる才がある。

お宝でも掘り当てたように。レインは大きな力を、価値あるものを手に入れた。

天才付与術師フィリス。彼女がこれから成し遂げる偉業を……まだ誰も知らない。

◇◇◇

宮廷から付与術師がいなくなった。

王国の歴史上初の宮廷付与術師は、突然隣国へと旅立ってしまった。

その知らせは瞬く間に宮廷、王城に広まる。

たかが宮廷で働く一職員の進退だ。本来ならば噂にこそなれ、そこまで大きな話にもならない。

……はずだった。

フィリスの場合は、異例中の異例。誰も予想できなかった出来事が起こったのだから、注目されて当然だろう。

「ねぇ聞いた？　付与術師のフィリスさんが隣国へ引き抜かれたって」

「単なる引き抜きじゃないわよ、あれ。なんたって隣国の王子様と結婚されたんだから」

「すごいわよね～。イストニア王国ってそれなりに大きな国でしょ？　宮廷の職員からいきなり一国のお妃様なんて憧れるわ」

「一体どうやったのかしら」

特に宮廷はこの話題で持ちきりだった。よくも悪くも、彼女の名前は有名だった。

たった一人の宮廷付与術師。しかもバリバリに仕事をこなす実力も持っていた。

実際にはパワハラを受けていただけだが、事情を知らない周囲からはこう思われていた。

どんな依頼も期日までに必ず終わらせ、要求以上の成果を叩き出す責任感を持ち、たった一人で他の職業を圧倒する生産力を持つ怪物。まさに時代に、世界に選ばれた大天才である。

……と。

それは事実でもある。図らずも彼女を追い詰めた者たちは、彼女を成長させる養分を与えてしまっていた。

もしものびのびと仕事をしていたなら、ここまでの怪物は生み出せなかっただろう。

その結果が――

「やっぱりすごいわよね。王子様に見初められたってことは、それだけ彼女の名声が国外にまで広まっていたってことでしょう？」

「そうなるわよね。なんだか憧れちゃうわ」

「ねぇー、私もちゃんと話しておけばよかったわ」

「いつかこっちに遊びに来てくれないかしら。その時は盛大に歓迎しちゃうのに」

今や宮廷の誰もが、彼女の功績を讃《たた》えている。これまでただの一度もなかった。宮廷で働く一職員が、王族になってしまうなんて事例は。故にこそ、尊敬し憧れる。

普通ならば……。

「……チッ」

大きな舌打ちが廊下に響く。

多くの人が楽しげにフィリスの話題を口にする横を、秘書のスレニアは通りすぎる。

彼女の頭によぎるのはたった一言。

どうしてこんなことになった？

何もかもが予想外だった。まさか虐めていた彼女が、隣国の王子と結婚するなんて思いもよらなかった。

そんな様子は一切なく、予想もできなかった。

さらに決定的なことは、結婚を申し出たのは隣国の王子からだったというじゃないか。

国同士の親交を深める意味合いでも、隣国から申し出があったなら断る理由はない。

たかが宮廷の職員一人と国の未来。天秤にかけるまでもなく、先方からの申し出は受理され、彼女は異国の妃となった。

「ありえないわ……」

本来ならば今日も、彼女のことをこき使い、憂さ晴らしをするつもりでいた。

彼女自身、宮廷の職員たちを管理する立場にあってそれなりに忙しく、思い通りに動かないことも多いためストレスが溜まる。

溜まったストレスの発散相手として、フィリスは格好の的だった。

秘書スレニアの精神を支えていたのはフィリスだったと言っても過言ではないほどに。ある意味精神安定剤だった彼女がいなくなり、スレニアの苛立ちは逃げ場をなくした。

加えてフィリスが担当していた仕事を他に振らなければならない。

今すぐに付与術師を集めることは難しい。当然、他職種にお願いするしかないのだが、代わりになるのは魔導具師ぐらいだった。

「仕方がないわね」

スレニアが向かったのは、もう一人の天才と呼ばれた人物。大天才の影に隠れた彼女。宮廷魔導具師レイネシア・ハイベル。

「……え」

「こちらの仕事を引き受けてください」

「ちょっ、ちょっと待ってください。何をおっしゃっているのでしょう？　私は魔導具師です。これは……」

「ええ、見ての通りフィリスさんが請け負っていた仕事の一部です」

どさっとテーブルに置かれた依頼書。その山は誰が見ても、一人に任せるべき仕事量ではなかった。

レイネシアは唖然とする。

「それをどうして私がやらないといけないんですか？」

「あなたが適任だからです」

「適任って……魔導具師は他にもいますよ？」

「もちろん、他の方にもお願いします。先程申し上げた通り、これはフィリスさんが担当していた仕事の一部でしかありません」

「これが……一部？」

レイネシアは知らなかった。フィリスが今まで、どれほどの仕事量を一人でこなしていたのか。天才という肩書だけでは支えきれないほどの重みに耐えていたのか。

毎日毎日、努力し続けた彼女の背中を一度も見ていない。

レイネシアが見ていたのは畢竟《ひっきょう》、鏡に映る自分だった。

「納期は書いてある通りです。お願いしますね」

「待っ――」

バタンと扉が音を立てて閉まる。

初めて聞くような大きな音にびくっとしながら、レイネシアは後にきた静寂に心が震えた。

「なんなのよ……これ……」

山盛りの依頼書を見ながら歯ぎしりする。

こんなはずではなかったと、レイネシアも秘書と同じことを考えていた。

もはや未来など予想するまでもない。ここから先は足の引っ張り合いになることは明白だった。

一人の大天才に支えられていた宮廷は、徐々に崩壊していく。

第一章　双子の星

「……暇だなぁ」

王城の一室で一人、私はぼーっと椅子に座りながら外を見つめる。

窓の外に広がる青空には、雲がゆったりと流れている。緩やかに進む時間の中で、私は特にすることもなく怠惰《たいだ》に過ごしていた。

「のんびりする休日に憧れてたけど、意外と退屈なんだね」

誰に言うわけでもない。独り言を口にして、大きくため息をこぼす。

宮廷付与術師から異例の大出世？

隣国の王子の妻になって、私は一国のお妃様になってしまった。

未だに信じられないけど、城下町を見渡せる一番高い場所に住んでいることが、私に現実だと教えてくれる。

イストニア王国に来てから数日は激動のように過ぎた。ようやく挨拶回りや挙式も一段落して落ち着き、依頼されたお仕事もパパっと終わらせて、念願の休日を手に入れたというのに……。

「働いてないと落ち着かないって……もう病気だよ」

私ってそんなことになっていたんだね。

働きすぎはやっぱり悪いことだと実感する。

毎日お仕事、朝から深夜までぶっ通しで職場に籠もる生活。それが当たり前になっていたせいで、こんなに綺麗で落ち着く場所にいることに、かえってソワソワしてしまう。

休みがほしいと願ったのは私なのに、今は適当な仕事はないかと頭を回してしまうんだ。

「殿下が聞いたら呆《あき》れるかな」

私は思い返す。殿下が私に言ってくれたことを。


頑張り屋は嫌いではない。

程よく頑張って、しっかり休め。


そう言って私の頬に触れた手の感触を。

男の人の手だった。大きくて少し硬くて、力強い手が私を支えてくれるように触れてくれた。でもこれはただの偽装結婚だ。

お互いの利益のために今の形に落ち着いただけ。それなのに私は……ちょっとだけ期待してしまう。

「……よし！」

私は椅子から立ち上がる。そのまま自室を出て廊下を歩く。

特に目的はない。ただお散歩でもしようと思っただけだ。

あのまま部屋の中にいても、ダラダラと答えの出ない考え事をするだけで一日が終わってしまう気がしたから。気分転換も休憩の一つ、だと思う。

今までそんな暇すらなかったから、これが正しい休み方なのかわからないけど。

「じっとしてるよりはいいよね」

そう自分に言い聞かせて廊下を歩く。

すぐに使用人とすれ違い、執事服を着た老人が丁寧に頭を下げてきた。

「フィリス様、どちらへ行かれるのです？」

「あ、えっと、少しお散歩を」

「左様でございましたか。王城内を出る際は我々にお申しつけくださいませ。警護の者を手配させていただきます故」

「わ、わかりました。ありがとうございます」

私は逃げるように駆け足でその場から立ち去る。ただの会話だ。丁寧で、私のことを尊重してくれている。

そんな対応が面映くて、どう接していいのかわからなかった。

仕方がないよね。だって私は、少し前までただの宮廷で働く職員だった。

貴族の地位もお飾りみたいな……。

けれどこれからは一国の妃としての振る舞いを、普段から意識して生きていかなければならない。

仕事による圧迫感とはまた違う。見られる立場になったことの窮屈《きゅうくつ》さを感じる。

王城の中を歩けば誰もが私を見てへりくだる。

執事、メイド、騎士、貴族までも。王族とはこの国で最も位が高い存在だ。

国を動かし、統治する者だから当然ではある。たとえ数日前まで外の人間だったとしても、今の私は立派な王族の一人だ。

彼らにとって私の過去は関係ない。今、この瞬間の私は、イストニア王国第一王子、その妻なのだから。

「はぁ……疲れた」

私は駆け足で城館を抜け出して、王城の敷地内にある庭園に来ていた。隠れるように木陰に入り、ちょこんと腰を下ろす。

想像以上に周囲の目は多い。

どこへ行ってもフィリス様とか、奥様とか声をかけられる。

来たばかりで勝手がわからないだろうという親切心からなのだとしても、少し鬱陶《うっとう》しいとさえ感じてしまった。私は一人でのんびりと散歩をするつもりだったのに。

「これじゃのんびりなんて無理だよぉ」

なんて弱音を吐きながら空を見上げる。

今日は本当にいい天気だ。お日様の光が心地よくて、木陰はほどよくポカポカしている。私にはふかふかのベッドより、この穏やかな陽気のほうが眠気を誘う。

意識が、薄れていく。

「――リス。フィリス！」

「は、はい！　もうすぐ終わります！」

名前を呼ばれて咄嗟《とっさ》に起き上がる。

いつもの癖で出たセリフは、納期ギリギリによく口にしたものだった。

「ここは宮廷じゃないぞ？」

「あ、あれ……」

私は庭園にいた。眠ってしまったことらしい。起こしてくれたのは、私の夫になったレイン殿下だった。

「で、殿下？」

「気づくのが遅いな。寝ぼけていたのか？」

「す、すみません！　うとうとして気がついたら……」

「まったく、王城の中とはいえ不用心だぞ？　お前はもうこの国の妃なんだ。普段から少しは危機感を持ったほうがいい」

「は、はい……」

注意されてしょぼんとする。当然のことだから、言い返すこともできない。最初から言い返す度胸もないけど。

「どうして殿下がこちらに？」

「お前の様子を見に部屋に行けば不在だったからな。どこへ行ったのかと探している途中で見つけただけだ」

「探してくれていたんですか？」

「お前のことだからじっとしていられないだろうと思っていたが、案の定だったな」

殿下は私が王城の外にまで出ている可能性も考えたそうだ。つまるところ、彼は心配してくれていた。

慣れない王城での生活。そのストレスの発散する場所がないことを気にしてくれていた。

「殿下に余計な時間を取らせてしまって申し訳ありません。私はもう部屋に戻りますので殿下も」

「いや」

彼は私に歩み寄り、ゆっくり腰を下ろす。

「殿下？」

「俺も少し休みたい。隣に座れ」

「は、はい」

私たちは夕暮れで色づく庭園に、並んでいた。

夕日がゆっくり沈んでいく。城壁に映る影が、徐々に角度を変える。

夜が近づく中で、私と殿下の二人きり。庭園の木陰で肩を並べて座っている。

隣から殿下の体温を感じる。ゆったりと落ち着いた呼吸の音も、かすかに耳に入る。

私は対照的にドキドキして、呼吸も早くなっていた。

仕方がないだろう。こんなにも男性と近づく機会はなかった。緊張してしまうのは当然だと思う。

「で、殿下」

「なんだ？」

「えっと、その……殿下は今日は何をされていたんですか？」

「普段通りだ。書類仕事に貴族との会合、遠征に出ていた騎士から街の現状について報告を受けたり、寄せられる住民からの相談に目を通したり」

流れるように次々と仕事内容が語られる。私は聞いているだけで頭がパンクしてしまいそうだった。

「た、大変なんですね」

「これでも今日は楽なほうだったぞ。外へ出かける予定もなかったからな」

「そうなんですね」

知らなかった。王子様って毎日そんなに忙しいんだ。

私の勝手なイメージでは、優雅に好きなように一日を満喫しているものだと……。なんて失礼なことを考えていたのか。今になって反省する。

「お前のほうはどうだった？」

「あ……そうですね。私は……」

殿下の忙しさを聞いた後だと答えづらい。今日一日、私がしていたことはというと……。

「特に何も……してません」

午前中はぼーっと部屋で過ごして、午後になってからお散歩で外に出たけど、庭で眠って気づけば夕方になっていた。

なんて自堕落な生活なのだろう。自分でも恥ずかしいくらい、何も得ていない一日だった。

「浮かない顔だな。充実した一日ではなかったのか？」

「……なかった、と思います」

「どうしてそう思う？」

「え？　だって、何もせず過ごしただけなので」

充実とは程遠いと思った。すると殿下はクスリと笑い、優しい顔で私に言う。

「やっぱりお前は働きすぎて、普通の考え方からずれているな」

「うっ……そ、その自覚はあります」

「いいか、フィリス。何もしないことは、必ずしも悪いことではないんだぞ？」

「そう、ですか？」

私は首を傾げる。何もしないなんて、そんなの無意味な時間じゃないの？　そう思うからだ。

しかし殿下は柔らかく否定する。

「確かに何かを生み出すわけでもなければ、進めるわけでもない。結果だけを見れば、自堕落に過ごしたとも言える。だが人間は、常に走り続けられる生き物ではない。毎日、一度も休むことなく走り続ければ、いずれどうなるかわかるか？」

「それは、もちろん疲れて倒れたりすると思います」

殿下は頷く。当たり前のことを口にして。

「人間は万能じゃない。どれほど優れた才能を持っていても、血反吐《ちへど》を吐くような努力をしても、肉体や精神には必ず限界がある。限界がくれば人は止まる。そうならないように休む時間が必要なんだ。適度に休み、次に動く時に全力を注げるように」

「適度に……」

私にはその加減がわからない。口を閉じて、視線を下方向でウロウロさせる。

「休み方がわからないか？」

「はい……」

「別に何もしなくていいんだぞ？　それも一つの休み方だ」

殿下は指折り数えながら語る。

「一日中何もせずダラダラ過ごすもよし、気分転換に遊ぶもよし、新しい趣味を見つけるもよし。身体の疲れをとる休み方もあれば、精神的な疲れを解消するものもある。何に疲れているのか、どこが疲れているのか次第で変わる」

殿下の話を聞きながら考える。私の場合はどこが疲れているのだろうか。

漠然と疲れているとしか思っていなかったから、いざ考えるとパッと浮かばない。

「お前の場合は全部だな」

「ぜ、全部ですか？」

「ああ、心も身体もボロボロのはずだ。そういう環境に身を置いていたのだからな」

「ボロボロ……」

確かにその通りだった。私の身体は、心はボロボロだった。身体の節々が痛いし、心にも余裕がなかった。そういう環境、休むことすら許されない日々を過ごしていた。

「疲れというのは蓄積される。一日の疲れがとりたければ、一日以上休むべきだ。お前の場合は何年分もの疲れが蓄積されている。もはや癖にすらなっている。一朝一夜で解決はしないだろう」

「そう……ですか？」

「ああ。聞いたことがないぞ？　休み方がわからないなんてセリフを言ったのは、お前くらいだ」

「あ、あははは……」

私は笑ってごまかす。自分の異常性を指摘されて、言葉も出ない。

「せっかくの機会だ。ここでゆっくりリハビリするんだな。お前が普通の感覚を取り戻せるまで」

「取り戻……せるんでしょうか」

「さぁな。それはお前次第だ。お前が今の自分を気に入っているなら、無理に変える必要はないと俺は思う。どうなんだ？」

「私は……」

仕事に追われる日々から解放された。

ちゃんと休みももらえる。でも、休み方がわからない。仕事がないと、何かしていないと、落ち着かない。申し訳ないと思ってしまう。

そんな自分が好きかって？

深く考えるまでもない。

「変えたい、と思います」

「そうか。なら今はそれでいい。そう思えるだけでいい」

「……はい」

変えていこう。この国で、私は普通に戻るんだ。

◇◇◇

自分を変えよう。

そう決意した翌日、私はすでに心が折れそうになっていた。

「……退屈」

今日もやることがない。

私は部屋で一人、何もしないで椅子に座ってぼーっとしていた。退屈すぎて今すぐ部屋を飛び出し、何か仕事はないかと聞きに行きたい気分だ。

「ダメダメ！　それじゃ今までと変わらない！」

殿下もおっしゃっていた。何もしないことも休み方の一つ、悪いことじゃない。

私は心も身体も疲れているのだから、しっかり休まないとダメなんだ。

今日は一日、この部屋で過ごそう。どうせならベッドでもう一度横になって……っていうのはやりすぎなのだろうか？

適切な休みと自堕落な生活って、どこが境界線なのかな？

「うーん……」

こうも部屋が静かだと余計なことばかり考えてしまう。

やっぱり寝てしまったほうがいいのかな？

昨日もお昼寝して気分はスッキリしたし、夜は夜でしっかり眠れた。昼寝なんて怠惰の象徴だと思っていたけど、疲れを取るためには必要なことかもしれない。

「また庭園に……ってあそこで寝るのは危ないって注意されたんだっけ」

じゃあやっぱりここで――ん？

今、なんとなく視線を感じたような気がする。扉のほうだ。

私はすっと視線を向ける。かすかに扉が閉まる音が聞こえた。

「誰かい……ないよね？」

扉の先は静かだった。誰かが訪ねてきた、というわけでもなさそうだ。

少し扉が開いていて、風で閉まった？

だったら別に気にしなくていいけど……。

「……」

私は扉に背を向ける。考え事をするふりをして、窓を見つめる。窓ガラスに反射して、かすかに扉が見えている。

あ、開いた。

後ろを向いたらすぐに扉が少しだけ開いた。音も立てず、私に気づかれないように誰かが覗いているらしい。

まさか不審者？

と思ったけど、ここは王城にある建物の中だ。廊下では騎士さんが警護しているし、そうそう不審者なんて入り込めない。

それに視線からは嫌な感じがしない。おもむろにもう一度後ろを振り向く。すると私が見るより先に扉が急いで閉まった。

間違いなく誰かが覗いている。

「……よし」

誰が見ているのか気になるし、ここは一つ手を打ってみよう。

私は手元にある紙を切って、人の形に見えるようにした。そこに付与術を施す。続けて自分にも。

これで準備は完了した。

私はまた扉のほうへ視線を向けて、閉まったことを確認してから行動する。

背を向けたと同時に扉がかすかに開く。

視線は一つ……二つ？

綺麗でくりっとした目が四つ、扉の隙間から室内を見ている。ヒソヒソ声が聞こえる。

「き、気づかれた？」

「まだバレてないわよ」

「本当か？　さっきから何度もこっちを確認してたよ？」

「大丈夫よ。だってほら、本を読んでいるわ」

椅子に座り、本をのんびりと読む姿。それを見てホッとする少年と少女。しかし次の瞬間、彼らは驚愕《きょうがく》する。

「「消えた⁉」」

本を読んでいた後ろ姿が忽然と消えてしまった。

二人は目を離していない。しっかり逃がさないように見ていた。にもかかわらず消えた。

瞬きの刹那《せつな》に、誰もいなくなった。慌てて二人は室内に入ってくる。一人は短髪の少年、もう一人は綺麗な長い金色の髪をした少女。二人は室内をぐるっと見渡す。

「い、いなくなったぞ！」

「どこに行ったの？　ちゃんと見てたのに！」

直後、バタンと扉が閉まる。

その音にびっくりして振り返った二人の前に、消えたはずの私が立っている。

「え⁉」

「う、うそ！」

驚く二人に、私は優しく微笑みながら声をかける。

「いらっしゃい。私に何か用があるのかな？」

不審者、にしては可愛すぎる。十歳……いや、もう少し上だろうか。年齢はどちらも同じくらいで、まだ子供だった。

危険な人たちではなさそうでほっとする。と同時に、疑問を抱く。どうして子供が王城にいるのだろう、と。

なんとなく、どこかで見たことがあるような二人だった。

「ど、どうやって！　さっきまでそこに座ってたのに！」

「もしかして魔法？」

「ちょっと違うよ。私は魔法使いじゃなくて、付与術師なの」

「『ふよじゅつし？』」

二人そろって可愛らしく反応する。小さい子供にはあまり馴染みがない単語だろう。

せっかくの機会だし、少し教えてあげよう。

「その椅子を見てごらん。人形があるでしょ？」

「え？　あ、ホントだ」

「紙を切ってある」

「その人形に、短い時間だけ私に見えるように付与術をかけたの。二人が見ていたのは、私じゃなくてその人形なんだ。それから私自身は――」

私は自分自身に手をかざす。淡い光が手の平から発せられる。

「『透過』」

「見えなくなった!」

「また消えちゃったわ!」

「こうやって姿を見えなくして隠れていたんだよ」

透明になっても声は聞こえる。私は数秒で効果を解除して、二人の前に再び姿を見せる。

二人とも驚きと感心からか、口がぽかーんと開いていた。

「これが付与術。いろんな効果を物とか生き物に与えられるんだ。時間は限られているけどね」

「す、すごい……さすが兄上の」

「だ、ダメだよライ君！　そんな簡単に認めちゃ！」

「――は！　危ないところだった。ありがとう、レナちゃん！」

ライ君とレナちゃん？

今のが二人の名前？

それもどこかで聞いたような……。

「えっと、二人は……」

「お、お前が兄上の結婚相手のフィリスだな！」

「兄上？」

「私たちはまだ認めていないわよ！」

唐突に思い出す。二人の姿がかすかに、あの人と重なる。

そうか、この二人は……。

「ライオネス殿下と、レナリー姫？」

殿下の弟と妹。この子たちは双子の兄妹だ。

第一王子レイン・イストニア。彼には年の離れた弟と妹がいる。

年齢は十二歳。双子の兄がライオネス、妹がレナリー。結婚式の顔合わせで、殿下と一緒にいる姿を見ていた。

慌ただしくて話をする機会はなかったけど、この二人で間違いない。まだ幼いけど、第二王子と第一王女。王族には違いない。正体を知った私は慌てて畏《かしこ》まった態度に切り替えようとした。ふと、殿下が言ってくれたことを思い出す。

お前はもう俺の妻、王族の一員だ。

堂々としていればいい。

そう、私は王族の一員になった。レイン殿下の妻として、この二人の姉になる者として、しっかりと威厳を持って接しよう。

変に畏まる必要はないんだ。

「ごきげんよう。ライオネス殿下、レナリー姫」

ましてや相手は子供なのだから。私は年上のお姉さんらしく接すればいい。もちろん、最低限の礼儀は持って。

「こうして話すのは初めてですね」

「そうだな！」

「私に会いに来てくれたんですか？」

「そうよ！　お兄様の奥さんに相応しい人か見定めに来たのよ！」

えっへんという効果音でも聞こえそうだ。二人して腰に手を当てて胸を張る。

あまりに動きがぴったりすぎて、微笑ましさについつい気が緩む。一人っ子だった私は、少しだけ姉弟というものに憧れていた。

レイン殿下と結婚したことで、私は彼の家族になった。当然、この二人も私の家族……つまり、私にとっても弟と妹ということになる。

「結婚してよかったかも」

「な、なにニヤニヤしてるんだ！」

おっといけない。ついつい微笑ましさで口元が緩《ゆる》んだ。

「僕たちは認めてないからな！　お前が兄上のお嫁さんなんて！」

「そうよ！　お兄様を誘惑したんでしょ！」

「お嫁さん……ゆうわく」

威勢はいいけど、口にする単語はいちいち可愛《かわい》らしい。

私のことを認めていないみたいだけど、あまり悲しい気持ちにはならない。なんとなくだけど、この子たちとは打ち解けられる気がしていた。

仲良くなるために私のほうから歩み寄ってみよう。

「二人はレイン殿下のこと、好き？」

「あ、当たり前だろ！」

「私たちのお兄様よ！」

「そう。だから戸惑っているんだね？　突然大好きなお兄さんが結婚して」

大切な人を奪われてしまった。そう感じているのかもしれない。二人の全身から感じられるレイン殿下への好意が教えてくれる。

「じゃあ、どうすれば認めてもらえるのかな？」

「そ、そうだな！　お前が兄上に相応しい相手だってところを見せてみろー！」

「相応しいところ……か」

「お兄様はすごい人なんです！　その奥さんもすごくないといけないのよ！」

私と殿下が釣り合っているか。それを証明して見せろと言ってきた。

理由は相変わらず可愛らしいというか、子供の理屈みたいだけれど。

「すごいところか……」

私が他人に自慢できることと言ったら一つしかない。

「なんでもいいの？」

「い、いいぞ！」

「じゃあ、私は付与術師だから」

二人に付与術のことを教えてみよう。私にできることは、それ以外に思いつかなかった。

普通の人と違う。私だからできることは、いろんな効果を付与することだから。

◇◇◇

「なんだと？　ライとレナが彼女の部屋に？」

「はい。朝方から部屋を覗いておりまして、お声がけしたのですが、あっちに行けと突っぱねられてしまいました。見回りをしていた他の騎士の話だと、二人で中に入っていったそうです」

「そうか。報告感謝する。下がっていいぞ」

「はっ！　では失礼いたします」

執務室で仕事をしていたレインはため息をこぼす。

テーブルの上の書類は未だ終わっていない。けれど騎士からの報告を受けて、おもむろに席を立つ。

「まったく困った奴らだ」

双子がフィリスにちょっかいをかけている。

誰よりも二人の性格を知っているレインだからこそ、二人が何を考えているか手に取るようにわかる。

「大方、俺の妻に相応しいか見定めに行ったんだろう」

まさにその通り。幼い二人はわんぱくで、兄であるレインを好いていることも自覚していた。

故にこそ、突然の結婚によい印象を持っていないことも。加えてフィリスは奥手で、言われたことに素直に従ってしまう性格でもあった。

「余計なことを言っていなければいいが……」

レインが急いでフィリスの部屋にたどり着くと、中から複数人の声が聞こえてきた。

扉越しで何を話しているかはわからない。騒がしい様子に、言い合いになっている可能性も考慮する。

レインはノックを省略して、そのまま扉を開けた。

「ライ！　レナ！　ここで何を――」

「すごーい！　僕浮いてるぞー！」

「私も私もー！　ぐるぐる～」

「……やっているんだ？」

レインは驚き言葉を失った。フィリスの周りをぐるぐると回るライオネスとレナリー。どう見ても仲良く遊んでいる。

「あ！　兄上！」

「お兄様ー！」

レインに気づいた二人が、フィリスの元からすっと離れていく。

「見て見て兄上！　僕、空を飛んでるよ！」

「私のほうが高く飛んでますわ！」

「僕のほうが高いぞ！」

「いきなり喧嘩するな。まったくお前たちは……」

「殿下もいらっしゃったんですね」

レインの元へフィリスが歩み寄る。

「あ、ああ。こいつらがお前の部屋に入ったと聞いて様子を見に来たんだが……随分馴染んでいるな」

「はい。おかげさまでお二人と仲良くなれました」

「兄上のお嫁さんすごいよ！　何でもできちゃうんだ！」

「さすがお兄様の奥さんですわ！」

二人ともフィリスのことを認めている。予想とは違った光景に戸惑いつつも、レインは安堵した。

「わーい！　届かないだろー！」

「ずるいわよ、ライ君！」

楽しそうに遊ぶ二人。それを私とレイン殿下が一緒に眺める。なんとも微笑ましい光景だ。見ているだけで癒やされる。

「一体どうやったんだ？」

「はい？」

「あの二人とこうもあっさり打ち解けるとは思っていなかった。てっきり詰め寄られていると予想していたんだがな」

子供二人に詰め寄られる自分を想像する。さすがに格好悪すぎる。けど普通にありえた未来だから、無性に情けなくなる。

「あははは……二人がいい子だったおかげだと思います」

「いい子なことは確かだが、素直すぎる。大方ここへ来たのも、お前のことを試すため、とかじゃなかったか？」

「その通りです」

さすが二人のお兄さん。殿下には二人の考えていることがお見通しのようだった。急いできたのも、私のことを心配してくれたからなのだろう。

この人は本当に……。

「二人が小さな頃から可愛がっていたからな。おかげで今でも俺にべったりだ」

「そうみたいですね。二人に聞いたら、殿下のことが大好きだと言っていました」

「そうか」

殿下は気恥ずかしそうにする。

そんな顔もするのだと、少し驚いてしまった。

初めて会った時の印象は、率直で豪快な人という感じだったけど、関わるほどに印象が変わっていく。

「お前と結婚する話をしたとき、二人ともひどく驚いていたよ。まぁ当然だがな。ずっと縁談も断っていた俺が、異国から妻を連れてきたら誰でも驚く」

それに一番驚いているのは私かもしれない。未だに信じがたい。自分が殿下の妻に選ばれたことも、こうして隣で一緒に話していることも。

「それで結局どうしたんだ？」

「付与術を見せてあげました」

「さっきのか？」

「はい。私が自慢できることはこれくらいですから」

二人は付与術についてあまり詳しくなかった。だからこそ興味を引けたのかもしれない。

普通の魔法が使えなくても特別な力を扱える。魔導具よりも手軽で、私のさじ加減で効果も細かく変えられる。

この場で見せて、体験してもらうにはうってつけの力だ。

「魅せる付与術か。そういう使い方もあるんだな」

「私もこんなことで使ったのは初めてです。けど……」

悪くなかった。仕事で使うだけだった付与術が、二人を喜ばせる結果につながった。

流れ作業じゃない。どう見せれば二人が驚いてくれるか、喜んでくれるかを考えるのは、意外と楽しかったんだ。

「なんだか昔を思い出しました」

「宮廷時代か？」

「いえ、ずっと前の……私がまだ小さかった頃のことです」

私が初めて付与術を使ったのは、五歳の時だった。それまで自分の力を自覚していなくて、偶然プレゼントに使ってしまったのが最初だ。

あの時は驚いた。両親の結婚記念日をお祝いしたくて、何かできないかと子供なりに考えていたら、自分が付与術を使えることを知った。

サプライズで両親に見せた時の反応も覚えている。すごく喜んでくれたことも。

「そういえば深くは聞いていなかった。お前がどうして宮廷で働いていたのか。借金があったのかを」

「そうでしたね……」

「別に無理に聞くつもりはない。誰だって忘れたい過去はある」

「……いえ、もう過去のことですから」

隠すことでもないし、話すことに躊躇《ちゅうちょ》はない。私たちは夫婦になった。偽装結婚だけど、紛《まぎ》れもない家族になった。だったら私のことを知ってもらいたい。

どんな形であれ、新しい家族に。

私は殿下に、今日までのことを話した。貴族の家柄に生まれ、突然何もかもを失ってしまったことを。

身売り寸前だったところをラトラトス家とサレーリオ様に助けられたことも。借金を返すために宮廷で働き、また一人になった私は、殿下と偶然出会った。そして、今ここにいる、と。

「壮絶な人生だな」

「……」

「まったく大した奴だ。よく折れずにやってこれたと思うよ」

「殿下……」

殿下の横顔は、笑っているように見えた。とても優しくはかなげに。その表情の意味を、私は知らない。

「あの場所で、お前を見つけたのは単なる偶然だった」

殿下が語り出す。

「意図したわけじゃない。正直言って、誰でもよかったというのが本音だ。俺はただ、婚約だの結婚だのを迫られる日々に嫌気が差していた。お前も、あの環境から抜け出すために選択したことだ」

「……はい」

「ただ、なんだ。あそこで出会ったのがお前でよかった」

「殿下……」

意外な一言だった。私たちの関係は特殊だ。恋ではなく、思い出もなく、利害の一致から手を取った。

　この先もずっと、互いが必要である限り関係は続く。

　私もあの時は同じように思った。この地獄から抜け出せるならなんでもいい、と。けど、今は……

　いいや、今も彼と同じで。

「私もそう思います」

　偶然でも、奇跡でも。彼と出会い、声をかけられたことは幸運だったに違いない。

　そう思える。

「経緯はどうあれ、今の俺たちは夫婦だ。夫婦らしく過ごす、なんてことは難しいが……そうだな。仲良くはしていこう」

「はい」

「二人のことも頼むよ。あいつらはわんぱくすぎるからな。俺が見ていない時、はしゃぎすぎて怪我をしないよう見ていてやってくれ」

「もちろんです。私も、今は二人のお姉さんですから」

　ここはきっと私にとって幸せな場所なのだろう。ただ少しだけ、モヤっとした気持ちがあった。

　その理由に、今はまだ気づけない。

第二章　天才付与術師

「姉上！　また空が飛びたいです！」

「ずるいわよ、ライ君！　私だって飛びたい！　お姉様、お願いします！」

「いいよ。でも危ないから室内だけね？　殿下にも外ではやらないように言われているの。それでもいい？」

「「はい！」」

二人の元気いっぱいな声が部屋に響く。あれから仲良くなって、二人は毎日のように私の部屋を訪ねてくるようになった。どうやら私も賑《にぎ》やかなのは嫌いじゃないらしい。

二人のおかげで毎日退屈しない。付与術を使う機会も得られて、程よい練習にもなる。

トントントン――

扉をノックする音に続いて、殿下の声が聞こえる。

「俺だ。入っていいか？」

「はい」

扉が開く。殿下を見つけた途端、二人が駆け寄る。正確には宙に浮いたまま。

「兄上！」

「お兄様！」

「やっぱりお前たちも一緒だったか。ここのところ毎日来ているんじゃないか？」

やれやれと首を振る殿下は私に視線を向ける。

「すまないな、フィリス」

「いえ、私も楽しいですから」

「そう言ってもらえると助かるよ。二人の相手をしてくれているおかげで、俺も仕事が捗《はかど》るんだ」

そういうこと。私がいなかった頃は、殿下が二人の相手をしてあげていたのだろう。

たくさんお仕事を抱えながらでは大変だったはずだ。ここ数日でよくわかったけど、殿下は誰に対しても優しくて、特に身内には甘いようだ。

「今日のお仕事は終わったのですか？」

「いや、まだ残っている」

「そうですか。では様子を見に？」

「それもあるが、今日はフィリスに話があってきたんだ」

「私にですか？」

殿下は、ああ、と一言口にして、無邪気に彼の周りを飛び回る双子の兄妹を軽く避けながら私のほうへと歩み寄る。

「前に依頼した仕事を覚えているか？」

「はい。遠征に使う道具への効果付与、ですね」

そういえば、あれから十日以上は経過している。ということは、すでに私が付与した道具は使われたのだろうか。

付与は完璧に成功しているし、何年も続けてきた仕事だから自信はあるけど、皆さんが満足してくれたかは気になる。

「ちょうどさっき、遠征部隊が帰ってきたんだ。話を聞いたら絶賛していたぞ？　お前の付与術を」

「本当ですか？」

「ああ。こんなにも楽に遠征から帰還できたのは初めてだと、次もお願いしたいそうだが……どうする？」

「もちろん。私でよければ協力させてください」

喜んでもらえたようでホッとする。嬉しい言葉ももらえたし、次の仕事も気合を入れていこう。

もう十分に休んで身体も軽い。今なら宮廷時代よりも早く正確な仕事ができる、気がする。

「次はいつですか？」

「気が早いな。まだ少し先だ。その前に一度、今回の依頼をした大臣がお前に会いたがっている。そこで仕事の話もしよう」

「わかりました」

「よし。それじゃまた、後で詳細を伝えるよ」

そう言って殿下は部屋を後にする。私は二人の相手をして一日を過ごした。

◇◇◇

翌日の午後。殿下の計らいで、私は大臣と話をすることになった。

指定された場所は騎士団の隊舎、その応接室。私と殿下が隣に座り、長机を挟んで対面には大臣ともう一人屈強な男性が座っていた。

「初めまして。私が国の防衛を主に取り仕切っております、大臣のモーゲンと申します。こうしてお話しできる機会をいただき、まことに感謝いたします」

「こちらこそ、お会いできて嬉しいです」

私はその隣の人に視線を向ける。先の話では大臣と話をするはずだったけれど。

視線に気づいた男性は、改まって口を開く。

「失礼、自己紹介をさせていただきます。私は王国騎士団の団長をしております。アルベルトです。どうぞお見知りおきください」

この国の騎士をまとめるトップ。

見た目からして強そうだとは思っていたけど、騎士団長さんだったみたいだ。

「フィリス・リー……イストニアです」

癖で前の家名を言いかけた。まだ結婚して長くない。慣れるまでには時間がかかりそうだ。

「よく存じております。フィリス様が付与術をかけてくださったおかげで、遠征に参加した騎士たちが無事に帰還することができました。騎士団の代表として、深く感謝いたします」

彼は深々と頭を下げた。私の倍以上の年齢であろう男性が。

申し訳なくてアタフタする。

「い、いえ、頼まれた仕事をしただけですから」

「そこは堂々としていればいいんだ。いつも言っているだろ？」

「す、すみません」

「ははは、フィリス様は謙虚《けんきょ》な方のようですね」

モーゲン大臣が優しい声で笑う。優しい人のようでホッとする。

私が知る大臣はいつも偉そうにしていて、あまりいい印象がなかったから。国が違うと、役職に就く方の人柄も違ってくるのだろうか。

「本日は次のお仕事の依頼をする前に、フィリス様とお話しする機会をいただきたく殿下にお願いいたしました。不躾《ぶしつけ》ながらいくつか気になることがございまして、質問させていただいてもよろしいですか？」

「はい、もちろんです」

「ありがとうございます。では――」

モーゲン大臣からの質問はなんてことのない世間話だった。いつ頃から付与術を使えるようになったのか。どういう修業をしたのか。

宮廷では具体的に、どんな仕事を任されていたのか。今さら隠すことでもないので、私は包み隠さず素直に答えた。

「いやはや驚きです。つまり師もなく自力であれだけの技術を身に付けたと」

「過酷《かこく》な環境を乗り越えたのも、フィリス様の才あってのものでしょう」

「ええ、まさに天才でしょう。これ程の才能、わが国でも稀《まれ》ではありませんか？　殿下」

「そうかもしれないな」

天才……そう評されたのは初めてじゃなかった。けれど今は不思議な感覚がある。純粋に嬉しいだけじゃない。

「次の遠征では火山に向かいます。人数は前回より少し多いです」

「火山ですか。それなら熱耐性は必須ですね。それから乾燥と、脱水への対策も必要でしょう」

「さすがよくわかっていらっしゃる」

「宮廷でも同じ仕事をしていましたので」

褒《ほ》められるのも素直に嬉しい。騎士団長さんは私より年上で、お父さんくらいの年齢だろうか。

顔や体格は全然違うけど、少しだけ雰囲気が似ている。話してみると安心できる。

「必要な付与効果はこちらに記載してあります。上から順に必要度の高いものを並べておりますので、可能なだけ付与していただければ」

「拝見いたします」

騎士団長から紙を手渡される。今回の目標は、火山帯に生息しているサラマンドラの討伐らしい。

サラマンドラは火を吐くオオトカゲの魔物だ。火山のような気温の高い場所に生息していて、性格は極めて攻撃的で危険な魔物の一種。

生息区域から離れることはあまりなく、近づかなければ安全ともされている。紙には最近になって、サラマンドラの個体数が増え、食料を求めて火山を降りてくることが多くなったと書かれていた。

「火山の下には街がありますので、このまま放置すると危険なのですよ。幸いまだ被害は確認されていませんが、時間の問題でしょう」

モーゲン大臣が軽く説明を補足してくれた。サラマンドラの個体数がこれ以上増える前に討伐する。

出発は今から一週間後。必然的に、納期も一週間後になる。

「前回より短くて申し訳ありませんが……」

私はさらっと必要な付与効果一覧に目を通す。必須のものは太字で、その他のほしい付与効果は上から順番に書かれている。

効果は全部で九つ。武器に必要な付与が二種類と、鎧全体に必要なものが一種類。

「大丈夫です。これなら二日もあれば終わります」

「二日？　本当ですか？」

「はい。ただ一点、この数の効果付与だと鎧と武器だけでは足りません。腕輪か何か、なんでもいいので邪魔にならない装飾品を用意してもらえませんか？」

「それくらいは全然。いやもう一度聞きますが本当ですか？　この付与効果の種類は前回より多いのですが……」

心配そうに私を見るモーゲン大臣。私はニコリと微笑み、答える。

「簡単な効果付与ばかりなので問題ありません」

「おお、なんと心強い。殿下、まことにどのようにして彼女を口説き落としたのです？」

「ははっ、それは内緒だ」

利害の一致で結婚しました。なんて本当のことはさすがに言えないよね。

笑う殿下に合わせて、私も愛想笑いをする。

「フィリス様、一つお伺いしたいのですがよろしいですか？」

「はい。なんでしょう？」

質問してきたのは騎士団長さんだった。

「先ほど足りないとおっしゃいましたが、まさか候補に出したすべての付与をしていただけるのですか？」

「はい。もちろんそのつもりですが……いけませんでしたか？」

「いえ、まさかすべてやっていただけるとは思わず。ただの希望だったのですが……」

騎士団長も意外だったらしい。

私からすれば九種類くらい、宮廷時代によく引き受けていたのだけど。

「フィリス」

「なんですか？　殿下」

「無理をするつもりじゃ、ないよな？」

「はい。このくらいなら平気です。それに、またお休みをいただけるんですよね？」

「ああ、もちろんだ。あいつらとも遊んでやってほしい」

「はい」

しっかり休む時間がもらえるなら、多少の忙しさは関係ない。

私にとって仕事は生きることに等しい。当たり前のようにこなせてこそ一人前。そういう環境にいた。

「本当に頼もしい方ですな。フィリス様、もしよろしければ今から少し付与術を見せていただけませんか？」

「今からですか？」

「はい。フィリス様の腕前をぜひ見てみたいと思いまして」

「私も可能なら見させていただけませんか？」

二人からの懇願。私はちらっと殿下に視線を向ける。彼の視線は、お前が決めろと言っているようだった。

「わかりました」

減るものじゃない。依頼者が仕事を見たいというのも自然なことだ。

私は快く了承して、場所を移す。

向かったのは騎士団の武器や防具が保管されている倉庫。鎧や剣が保管されている。今回は見せるだけだから、用意したのは鎧一つ。

「今からこの鎧に三種類の効果を付与します」

「よろしくお願いします」

「俺も初めて見るな。付与術は」

殿下もついてきている。これは失敗できない。もっとも、宮廷に入ってから今日まで、一度も失敗したことはない。

「始めます」

鎧に右手をかざす。テーブルに魔法陣が展開された。

魔法陣は下から上へ。鎧の形を把握するように移動して、消える。

「終わりました」

「え、今の一瞬で？」

「はい。三種類とも効果を付与できています。確認してみますか？」

半信半疑な彼らは、専用の道具を使って効果を確認する。しっかりと三種類の効果が表示されているだろう。

そのことに再び驚き、私のことを見る。

「なんという手際……まさか三種類の効果付与を一度で、しかも一瞬で終わらせるなんて」

「これくらいは簡単です。付与効果も八種類まで、対象は大きさにもよりますけど、二十個前後なら同時にできます」

「「……」」

モーゲン大臣と騎士団長は無言。

殿下だけが笑っていた。

「はっはっはっ」

「えっと……」

「すごすぎて言葉もないみたいだな」

「そ、そうなんですか?」

二人して頷く。私にとっては普通の技術で、付与術の常識からも外れていない……はずなんだけど。

◇◇◇

とある日の昼下がり。太陽が燦燦《さんさん》と輝く青空に、雲は一つもない。

木陰にいないと外は少し暑い。

王城の庭園には白いテラスがあって、私は一人、紅茶とお菓子が用意されたテーブルの前に座って

いる。そこへ彼がやってくる。

「すまないな、遅れた」

「いえ、私も先程来たばかりですから」

「嘘が下手だな。城内から見えていたぞ？　ずいぶん待たせただろ」

そう言って殿下は私の向かい側の席へ座る。

お互いに顔を見合わせ、一呼吸置いてから殿下が切り出す。

「それじゃあ始めるとするか」

「はい。本日のお茶会を」

三日に一度、私と殿下の二人だけでお茶会を開く。

場所はこのテラス。一時間ほどの短い時間だけど、ゆったりと過ごしながら談笑する。

「お仕事はお忙しいんですか？」

「まぁな。今日中に終わらせないといけない仕事が溜まってるよ」

「それは……大丈夫なんですか？　お茶会なんてしていても」

「なんとかなる。いつものことだ」

話しながら紅茶を飲み干す。忙しく余裕がない時は、誰だって忙しなくなる。

殿下も紅茶を飲むことすら急いでいるように見えた。

最近は特に忙しそうで、私の部屋を訪れる機会も減っている。代わりにライオネス殿下とレナリー姫が毎日遊びに来てくれるから、寂しさとかは感じないけど。

「お忙しいなら無理にお茶会を開かなくても」

「そういうわけにはいかない。これも、この国の習わしみたいなものだからな」

イストニア王国には昔から、夫婦や家族の時間を大切にする習慣がある。先祖代々受け継がれた考え方のようなもので、子孫繁栄を願う意味もこめられている。

そのおかげなのか、イストニア王国の人口は年々増えているそうだ。

「これから先も残したい習わしとして、俺たち王族が率先して示す必要がある」

「だから定期的にこうしてお茶会を」

「ああ」

どれだけ忙しくとも、余裕がなくても、必ず夫婦の時間を作る。

そのためのお茶会だった。

私は素敵な習わしだと思って感心している。けど、忙しくて大変な殿下にとっては、あまりありがたくはなさそうだった。

「ここだけの話、俺は正直……この風習はなくてもいいと思っている」

「忙しい方にとっては窮屈ですよね」

「それもあるが、一番の理由はそこじゃない。風習……というより同調圧力っていうのかな？　それが正しいと決めつける必要はないだろ？　夫婦の時間を大切にしたいなら、二人で考えてそうすればいい。世の中にはいろんな人間がいる」

殿下が言いたいことがなんとなくわかった　周りに誘導され、そうするべきだと決めつけられ、夫婦の時間を作ること。

言い換えれば、お互いに嫌々でも無理やりそうしなければならない。

夫婦とは、家族とは……。

そんなふうに互いの行動を無理やり合わせなければ保てない間柄なのだろうか。だとしたら所詮、その程度のつながりでしかないのだと。

「他人には他人の関わり方が、時間の使い方がある。無理に合わせる必要なんてない、と思うんだがな」

「確かにそうですね。私も……無理をしてまで合わせてほしいとは思いません」

私自身が忙しい日々を送っていたからだろう。殿下の気持ちはよくわかる。

目の前のことで手一杯なのに、横からあれこれと指示されたり。急な呼び出しを受けたりすると、なんで今なんだと疑問を抱く。

きっと似たような理由なんだ。せっかくの機会も楽しめず、苛立ってしまうのはもったいない。

「もっとも、今の話を国民に聞かせたら、間違いなく非難の嵐だろうが」

「そうでしょうか？　賛同してくれる人もいると思います」

「少数だろうな。少なくともこの国では、さっき話した通りの考え方が普通なんだ。常識を覆すには、それだけの根拠と長い時間がいる。今はこうして、狭い世界で語ることが精一杯だ」

「悪い風習じゃないですから、ね」

「そうだな。綺麗な考え方だとは思っているよ」

夫婦や家族との時間を大切にすること。

それそのものは美しく、見習うべきことだと自覚している。だからこそ、変えることは難しいのだろう。

「そうだ。話は変わるんだが、今度父上と母上も茶会へ誘ってもいいか？」

「え……？」

本当に唐突な話題転換、しかもその内容に動揺する。

「今さらになるんだが、ちゃんと話す機会もなかっただろう？　父上たちも忙しくてそれどころではなかったんだが、そろそろ一度話す場を設けたいと思っているんだ」

「そ、そうですね……」

殿下のお父上、この国で一番偉い人と、その奥さん。結婚の際に顔を合わせ、軽く挨拶は済ませている。

逆に言えばその程度で、お互いに時間をかけてゆっくり話したことは一度もない。王城でも二人の姿を見かけないのは、ちょうど王都の外で仕事があったからだという。

殿下の話によると、ちょうど三日後に戻られるそうだ。そのタイミングで、本当に今さらだけど改めて顔合わせをしたいと殿下は提案する。

「構わないだろ？」

「は、はい！　頑張ります」

「別に頑張らなくても、普通に話せばいい」

「そ、そう言われても……」

相手はこの国の王様だから、緊張しないほうが無理だと思う。

殿下は軽い感じで予定を組む。私は上手く話せるだろうか。今から少し不安だ。

◇◇◇

「わーい！」

「待ちなさいよ、ライ君！」

私の部屋で双子が楽しそうに遊んでいる。もう見慣れた光景で、私も落ち着いてのんびり過ごせるようになった。心にも余裕がある。

「陛下と王妃様って……どんな人なのかな」

慣れたからこそ、気が緩む。

二人がいることを忘れて、ふと考えが口から漏れてしまった。

「父上？」

「お母様？」

遊んでいた二人がピタッと動きを止めて、私のことを見ている。

ここでハッと気づき、誤魔化すように笑う。

「フィリスお姉様は、お父様とお母様に会ったことがないのですか？」

「兄上のお嫁さんなのに？」

「えっと、挙式の時に簡単な挨拶だけはしたの。でもちゃんとお話しする機会は中々とれなくて。ちょうど今日のお昼から、お二人とお茶会をすることになっているの」

「「お茶会！」」

相変わらず息がピッタリな二人。お茶会のことは殿下から聞いていなかったのかな？

二人していい反応を見せる。そう、殿下から提案されたお茶会は今日のお昼に開催される。

緊張しながら数日過ごし、あっという間にこの日が来てしまった。

あれから殿下も忙しくて、あまり話す機会はなかった。

おかげさまで、現在進行形で緊張している。まだお茶会は始まってもいないのに。それもあって声に出てしまったのだろう。

「兄上が言ってたお茶会って今日だったんだ！」

「私たちも参加していいんですか？」

「それは私にはわからなくて。レイン殿下に聞いてもらえる？」

「わかりました！」

「兄上ならいいって言ってくれるよ！」

元気いっぱいな二人もお茶会に参加してくれたら、私の緊張も多少は和らぐかもしれない。

ここ数日でさらに二人とは仲良くなれた気がしている。二人のことを愛称で呼んでいるし、心の距離も縮まったんじゃないだろうか。

「ライ君、レナちゃん、二人から見て陛下と王妃様はどんな方かな？」

「父上は髭《ひげ》！」

「ひ、ひげ!?」

ライ君から予想の斜め上を行く返答が飛び出した。確かに記憶にある陛下の顔は、顎と鼻下に立派な髭が生えていたとは思うけど……。

実の父親のことを聞かれて第一声が髭って。もっと性格的なことを聞きたかった。

「お母様は優しい人ですよ！」

レナちゃんが教えてくれた。

そう、そういうことが聞きたかったの。

「でも怒るととっても怖いんです……」

それは聞きたくなかったかも……。

本当に怖いのだろう。レナちゃんだけじゃなくてライ君も、思い出してシュンとしてしまった。

王妃様の機嫌は損ねないように頑張らないと。

「陛下はどんな方？」

「髭です！」

「……やっぱり髭なんだね」

二人の子供から髭扱いされるって……ちょっと不憫《ふびん》に思ってしまった。

それだけ子供に慕われやすいということ？

前向きに考えるなら、陛下はユーモアがあって優しい人なのかもしれない。だとしたらありがたい。

レイン殿下も人当たりがよくて接しやすいし、ライ君とレナちゃんもいい子だ。彼らの両親なら、きっといい人たちなのだろう。

そう自分に言い聞かせながら時間が過ぎるのを待つ。

そして午後になった。昼食も終わり、満腹感も薄れた頃。いつも殿下と二人でお茶会をする場所に、今日は六人集まっている。

私と殿下が隣り合わせに、その隣にライ君とレナちゃん。向かいに座っているのが……。

イストニア王国現国王、バーゲン・イストニア。レイン殿下のお父上。その隣に座る薄黄色の綺麗な髪の女性が、セルシア・イストニア王妃。陛下の妻にして、レイン殿下の母。

二人が並ぶと貫禄がある。

特に陛下は……凛々《りり》しい髭と鋭く力強い眼光の持ち主だ。

「お疲れのところ来ていただいて、ありがとうございます。父上、母上」

「ああ、構わない」

「あなたは元気そうね。レイン」

「はい。どこも変わりはありません」

殿下と二人が淡々と会話を進める。

少しだけ空気が重い？

いつも元気溌剌《はつらつ》なライ君とレナちゃんも、今は静かにちょこんと席に座っている。

「それでは定刻になったので始めましょうか」

「待てレイン、一つ言わせてもらおう」

陛下が口を開く。まるでこれから説教でも始まりそうな、そんな雰囲気だった。

私はごくりと息を呑む。

「――堅いぞ」

……あれ？

「堅すぎるぞレイン。せっかくのお茶会だ。もっと気楽に話せばいいだろう」

「……だったらその真面目な顔と髭をどうにかしてください、あなた」

「髭は無理だ。なんともならん」

「ならせめてもう少しニコニコできないの？　見てください。せっかく来てくれたのにフィリスさんが緊張してしまっているわよ」

王妃様は優しくおっとりした口調で陛下に進言する。

陛下はハッと気づいたようにこちらを向いて、申し訳なさそうな顔をする。

「おっとすまない。ついワシも緊張してしまってな。なにせ息子の嫁とこうやって話すなど初めてのことだ。父親として威厳を示そうと張り切ってみたのだが……逆効果だったか？」

「父上、顔が怖い！」

「お父様はお髭がまた増えてますわ！」

「くっ……髭は剃っても剃ってもすぐ生えてくるから諦めたんだ」

静かだったライ君とレナちゃんも話し始める。緊張と静けさで重たい空気だったテラスが、一気に明るく楽しい空間になる。まだ私一人だけ状況の変化についていけない。

堅苦しかった最初の雰囲気との落差が、私を困惑させている。

そんな私に殿下が言う。

「いつも通りでいい。二人とも、お前を歓迎しているから」

その言葉に背中を押される。

「改めて、ワシはこの国の王、バーゲン・イストニアだ」

「その妻のセルシアよ。夫の顔と髭が怖くてごめんなさいね。この人見た目は怖いけど、中身はとても臆病だから怖がらなくていいわ」

「お、臆病ではないぞ！　ワシはこの国で一番勇敢な男だ！」

「どこがですか？　出先でも一人で寝られないと私に泣きついて――」

「その話はやめてくれ！　子供の前で恥ずかしいだろう！」

急いで王妃様の発言を遮《さえぎ》った陛下だったけど、ほとんど全部聞こえていたから手遅れだ。

私だけではなく、ライ君とレナちゃんの耳にも。

「父上一人で寝られないの？」

「私たちだって一人で寝られますよ！」

「子供みたい！」

「子供みたいですね！」

双子の無邪気な口撃が放たれる。大人の陛下にこの言葉はとても辛いだろう。しかも我が子に言われたのなら尚更。

「くっ……父としての威厳が……」

「もう諦めてください、父上」

「レイン……お前も他人事じゃないぞ？　いずれこうなることも覚悟しておくんだぞ」

「なりませんよ俺は。とても参考になる反面教師が目の前にいますから」

「生意気だなぁ……ワシの息子の癖に」

「父上の息子だからですよ」

陛下とレイン殿下、二人のやり取りを眺めながら思う。王妃様のおっしゃっていた意味がわかった。

陛下は確かに、見た目こそ怖そうで威厳があるけど、こうして話しているところを見ている限り、どこにでもいる普通の……ちょっと気弱なお父さんみたいだ。

それに王妃様も。

「あなた。そういうふうにムキになるところが子供っぽいと言われるんですよ？　もう少し大人らしく、堂々としてください。私まで恥ずかしくなります」

「す、すまん……」

「謝罪はいいので改善してくださいね？　もう何度目ですか？」

「まことに申し訳ありません」

どうやら夫婦の上下関係はハッキリしているらしい。国のトップは陛下だけど、夫婦としては王妃様のほうが上手のようだ。奥さんの尻に敷かれる夫と、子供たちとの距離が近い父親と、為政者の顔を併《あわ》せ持っているということだ。

彼らの会話を耳にしていたら、ほどよく緊張もほぐれてきた。ふと、王妃様と視線が合う。

「緊張はほぐれたみたいね」

「は、はい。ありがとうございます」

「お礼を言われることじゃないわ。私たちは普段通りにしているだけよ」

「そうだぞ？　君も普段通りにしてくれたらいい。ワシらが見たいのもそういう君だからね」

「……はい」

よかった、と、心の中で呟く。私が想像する王族は、もっと堅苦しくて話しているだけで息が詰まりそうになる存在だった。

国のトップなんだ。それくらいの人物なのだろうと。だからこそ覚悟はしていた。でも、そんな覚悟は必要なかったと、二人の優しい笑顔が教えてくれる。

殿下が王族らしく見えないのもきっと、この二人の影響が大きいのだろう。

緊張は完全にほぐれて消えた。

「フィリスさん、城での生活には慣れましたか？」

「はい」

「レインとは上手くやれているかい？　こいつは自分勝手なところがあるからな。振り回されていないか心配だ」

「いえそんな。大変よくしていただいております」

その答えに嘘はない。王城での生活は戸惑いも多かったけど、殿下やライ君とレナちゃんのおかげで快適だ。

レイン殿下とも、たぶん上手くやれていると思う。

普通に話もするし、偽装結婚で妻になった私のことを気遣ってもくれる。

自分勝手な部分は、私を妻にしたときに感じたけど、それも含めて悪い人じゃないと知っているから平気だ。

「しかし未だに信じられないな。ずっと結婚を嫌がっていたレインが自分から嫁を連れてくるなんて」

「そうね。どういう心境の変化があったのかしら？」

二人の視線がレイン殿下に向けられる。

殿下は優雅に紅茶を飲みながら、毅然とした態度で答える。

「それはもちろん、彼女との出会いに運命を感じたからですよ」

「運命？　お前らしくもないセリフだな。本当は何か裏があるんじゃないか？」

「裏も表もありませんよ」

「だといいがな。フィリスさん」

陛下が私の名前を呼び、語りかける。優しい口調で。

「こう言ってるが、君はどうなんだ？　レインとの結婚をどう思っている？」

「どう……というのは」

私たちの関係を疑われている。

それはそうか。いきなり、初対面の相手を妻に迎えたんだ。

不自然だと思われて当然だろう。ただ、どう思っているかという質問になら、偽ることなく返すことができる。

「私は、この国に来られてよかったと思っています」

レイン殿下との結婚には意味がある。だけどそこに愛はない。それでも、彼と出会い導かれて訪れた国で、私はほしいものを手に入れた。

休みも、仕事を選ぶ自由も、楽しい時間も、元気な弟と妹だってできた。客観的に今の自分を分析して、その答えを出すなら。

私はとても幸せだ。

「……そうか。どうやら余計なお世話だったようだな」

「余計ではないわ。それが親の務めよ」

「そうだな。フィリスさん、改めてようこそ我が国へ。そして、ワシらの家族になってくれたこと、心から歓迎しよう」

「何か困ったことがあったら相談してね？　いつでもいいわ」

家族という言葉が私の心を震わせる。

一人になった私は、家族を失った孤独を紛らわせようとした。

仕事に明け暮れたのも悲しい気持ちを忘れるための手段の一つだったと、今ならわかる。だからこそ、心から思う。

「はい」

家族の温かさが感じられる。

私はこの国に来られてよかった。

第三章　たとえ偽りでも

当たり前のようにあったもの。いつでも手の届く距離にいた人ほど、いなくなったときに気づかされる。自分の一部に、空間の一部になっていたことを。ポカリと空いてしまった穴を見て、むなしさと共に後悔する。

「……なんなのよ」

秘書スレニアは苛立《いらだ》っていた。理由はハッキリしている。その足取りはせわしなく、彼女の元へ向かっていた。

「レイネシアさん！　依頼した物が納品されていません！　すでに期日を三日も過ぎているんですよ！」

ノックもなしに部屋に入る。レイネシアがビクッと反応して、恐る恐る視線を合わせてきた。

「す、すみません。まだかかりそうで……」

「昨日も同じことをおっしゃっていましたよね？　期日通りに納品していただかないと困るんです。宮廷で働く者としての責任を果たしてください」

「っ……」

だったらもっと仕事量を考えてほしい。文句の一つも言いたいレイネシアだったが、ぐっと堪える。言ったところで反論されるだけだ。なぜなら滞りなく終わらせていた前例があるから。

フィリス・リールカーン。彼女は現在のレイネシアが請け負う仕事の何倍もの量を、たった一人でこなしていた。

付与術師と魔導具師、似て非なる職種故の差？

否。純粋に、二人の間には大きな実力差があっただけだ。それを痛感させられる。同じ天才でも、格が違ったという事実を。

「まったく、こんなこともできないのに宮廷で働いているなんて、恥ずかしくはないんですか？」

「……」

言い返せない。そんな彼女を庇うように、扉を開ける音と共に声が届く。

「それは君もなんじゃないか？」

「――なっ」

「サレーリオ様！」

サレーリオ・ラトラトス。ラトラトス家の次期当主であり、現在はレイネシアの婚約者である。彼は貴族の中でも地位が高く、宮廷への出入りが自由にできる数少ない人物でもあった。

「どういう意味でしょうか？」

「言葉通りだよ。作業が上手く進んでいないのは、君にも問題があると言っているんだ」

「お言葉ですが、私はしっかりと管理しております。適切な仕事量を分担し、滞りなく――」

「それは何を基準にしているのかな？　そもそも、別職種の作業をすでに仕事を持っている者に追加させるなんて負担が増えることは明白だ。君がやるべきことは急かすことではなく、実現可能なスケジュールの再提案じゃないのかい？」

サレーリオが詰め寄る。もっともらしい言葉を武器にして。秘書である彼女の役割は、宮廷で働く者たち全員のスケジュール管理が主である。

その他にも素材や商品の発注、依頼の受注なども含まれる。

彼女が現場の状況を判断し、受けることが可能な依頼かを判断した上で、現場の者たちに仕事として提示する。言い換えれば、彼女の判断が間違っていれば、現場は上手く回らない。

何よりスレニアは知っていたはずだ。かつてここで付与術師をしていたフィリスが、どれだけの仕事量をこなしていたか。

本来一人では難しい量の仕事を、彼女に与えていたのはスレニアなのだから。宮廷を支えていた人物が消失したにもかかわらず、今までと同じように仕事を回そうなどできるはずもなかった。

サレーリオは秘書スレニアの怠慢を指摘する。

「こ、この現場の管理は私に一任されています。部外者であるあなたに言われる筋合いはありません」

「部外者ではないよ。ラトラトス家は代々、宮廷で働く者たちに資金を援助している。この意味がわかるかい？」

「そ、それは……」

「さっきの発言は聞かなかったことにしてあげよう。君は今一度、現場の声をしっかり聞くといい」

スレニアは何も言い返せず、黙ったまま部屋を出ていく。静かになった部屋でサレーリオはため息をこぼした。

「ありがとうございます、サレーリオ様」

「レイネシア」

「サレーリオ様がおっしゃった通り、あの人にも問題――」

「君も君だよ、レイネシア」

「え……」

空気が再び重たくなる。

冷たい視線と、冷えきった声がサレーリオから発せられる。

「立場上、庇いはしたけど、君の仕事が遅いのも事実だろう？」

「そ、それは……仕事量があまりにも」

「フィリスはこれを一人でやっていたそうじゃないか。一度も納期を過ぎたことはない。ギリギリであっても……今となっては優秀だったのだと再確認させられたよ」

「っ……サレーリオ様……」

レイネシアはフィリスが気に入らなかった。自分よりも注目される彼女が目障《めざわ》りだった。だからこそ邪魔をした。

サレーリオを奪ったのも、彼女を貶《おとし》めるためでしかない。

レイネシアは別に、サレーリオを愛していない。しかし彼女は誤解していた。サレーリオは自分に惚《ほ》れたから、フィリスを見限ったのだと。

違った。

「まったく。これじゃフィリスの時と変わらない。選択を間違えたかな」

打算で動いていたのは、レイネシアだけではなかった。最初からサレーリオも彼女を愛してなどいない。

どちらがマシか。二択でレイネシアを選んだだけにすぎなかった。そこに、愛はない。彼が真に求めているのは最愛の人にあらず。

自身のために動く手足。有能な部下であり、自身を引き立てる力を持つ者。

もっと簡単に表すなら……。

都合のいい奴隷のような人間だった。

「……早めに手を打とうか」

彼が見据える先は遥か彼方。異国の地に嫁いだ元婚約者の顔。

◇◇◇

「フィリス、また次の依頼が来ているぞ」

「ありがとうございます。引き受けますね」

「まだ内容も言ってないんだが……」

「モーゲン大臣からの依頼ですよね？　それならお受けしても大丈夫です。あの方はちゃんと私の生活のことも考えてくださっていますから」

いつもの茶会で殿下と二人、のんびり過ごしながら仕事の話をする。モーゲン大臣からの依頼は、あれから定期的に来るようになった。

一度話をして、私の付与術を間近で見てもらって、より信用していただけたのだろう。

嬉しいことに騎士団からの評判も悪くない。大臣や騎士団長は、私の生活を損なう仕事量は絶対に要求してこない。

また次もお願いしたいと言われたら、内容を聞くまでもなく頷《うなず》ける。

「最近、少しずつ仕事が楽しいと思えるようになったんです」

「へぇ、前は違ったのか？」

「はい……お恥ずかしながら」

自分で選んだ仕事なのに、一度も楽しいなんて思えなかった。余裕がなかったんだ。

仕事量の多さも理由の一つだけど、借金があったことも大きかった。

私が生活できるのは、借金を肩代わりしてもらったから。一日でも早く、少しでも早く恩を返さないといけない。

その危機感が、私の心を急かしていた。今は、慌てる必要もない。仮に仕事を断ったとしても、誰も私を責めたりしないだろう。

「楽しんでいるなら止める必要もないな。じゃあ頼むぞ」

「はい。喜んで」

「感謝するよ。それじゃ俺はもう行く」

「もうですか？」

殿下が席を立つ。

お茶会は始まる時間は決まっているけど、終わりは決まっていない。いつも一時間くらいはゆっくりしている。けれど最近は徐々に時間が短くなっていた。

今日は特に早い。

「すまないな。仕事が溜まっていて、すぐに戻らないと終わりそうにないんだ」

「そうなんですね……私もお手伝いできたら」

「王子の仕事だ。他人に任せられるものじゃないし、そうするべきじゃない」

「――――！」

ズキンと、胸が痛む。

どうして？

「気持ちだけ受け取っておくよ」

「はい。無理はなさらないでくださいね」

「ああ」

去っていく後ろ姿を見つめながら、私は自分の胸に手を当てる。どうしてショックを受けたのか。考えて、すぐに答えは出た。

その一言が悲しかった。夫婦になっても、彼にとって私は他人でしかない。少しずつ打ち解けているつもりだった。

「他人……か」

心の距離も近づいている気がしていた。だけど所詮、私たちの関係は……。

「形だけ、なのかな」

そう思うと、無性に悲しくなる。わかっていたことじゃないか。

あの日、私たちは互いの利益のために手を取り合った。

利害の一致。感情ではなく、勘定によって結ばれた縁。

好きだから、夫婦になった。普通の関係とはそういうもので、私たちには縁遠い。

この先もずっと……。

「贅沢《ぜいたく》なのかな」

一つ先のことを思ってしまうんだ。今が幸せだからこそ。私は自分が思っているよりも、贅沢を求める性格だったらしい。

今よりも幸せな時間を、期待してしまうのだから。

◇◇◇

「此度の依頼も完璧にこなしていただきありがとうございます。騎士団の者たちも大満足しておりました」

「お役に立てたなら光栄です」

廊下を歩いている途中、偶然モーゲン大臣と出くわした。軽い挨拶のつもりで話が始まって、大臣が私の仕事を褒めてくれた。

廊下の真ん中で少し恥ずかしいけど、褒められるのは嬉しい。

「また必要があれば依頼してください」

「ええ。フィリス様がこの国に来てくださってから、いいことばかりですね。フィリス様ほど優れた才能を持つ方もそういないでしょう」

「私はただ自分にできることをしているだけです」

「謙遜なさらないでください。私も仕事柄、多くの者たちを見てきました。その中でもフィリス様は特別に優れた才をお持ちだ。しかも努力家で、その才をぐんと伸ばしていらっしゃる」

こんなにもベタ褒めしてもらえると、恥ずかしさで反応に困る。

私としては当たり前の仕事をこなしただけだった。

宮廷では怒られてばかりいて、褒められることもなくて。だからできて当然のことをしただけで、褒められることに戸惑いすらある。

果たしてどちらが普通なのか。ただ一つハッキリしている事実は……。

褒められるほうが、次の仕事に取り組む姿勢も前向きになる。

「これだけの技術を持っているとなれば、今頃さぞ困っているでしょうね。お隣の国も」

「それは……どうなんでしょう」

「おや、あまり居心地のよい場所ではなかったのですか？」

私が宮廷でどういう扱いを受けてきたか。事情を完全に把握しているのは、この国でもレイン殿下ただ一人。

大臣は何も知らない。だから、この質問にも悪意はない。

「そうですね」

「……ふと聞いてみたかったのですが、戻りたいとは思わないのですか？」

不意打ちの質問にびくっと身体が反応する。

「戻る……ですか？」

「ええ。こんな話、殿下の前ではできませんが、フィリス様はついこの間まで隣国で働いていらっしゃった。それが今、こうして生活が大きく変わっている。国には友人もいらしたでしょう。生まれ故郷なら思い入れもある。戻りたいと思っても不思議ではありませんので」

「私は……」

戻りたいなんて思ったことはない。

あの国には思い出がある。けど、いい思い出よりも、辛かった思い出のほうが多かった。

そのほとんどが宮廷での思い出だ。逆に言えば、宮廷時代を除けば、それほど悪くはなかったのかもしれない。

両親がいて、幸せだった頃も確かにあった。あの頃に……戻れるなら戻りたいと、思う時はある。

私の本物の家族は、もういないけれど。

それでも、過ごした思い出は残っているから。

「申し訳ありません。呼び止めてしまって」

「いえ、私もお話しできて楽しかったです」

「いやはや、そう言っていただけるとありがたい！　そうでした。先ほどの話は殿下には内緒でお願いいたします。知られると怒られてしまいますからね？　俺の妻に余計なことをするな、と」

「ふふっ、わかりました」

モーゲン大臣は丁寧にお辞儀を一回して、私の元から去っていく。

その後ろ姿を見つめる。

「……そんなこと言わないと思うけど」

大臣には聞こえない距離と声で、私は呟いた。

私たちの間に、一般的な恋愛感情はない。愛はない。私たちをつないでいるのは……思いじゃない。

「戻りたい……かぁ」

聞かれるまで考えもしなかったことだ。

考えるまでもなく、戻りたいなんて微塵《みじん》も思うはずがなかったから。辛い思い出が脳裏に過《よぎ》る。

そんな場所から逃げ出すために、私は殿下の手を取った。だけどもし、悪辣《あくらつ》な環境が改善したら？

私はどう思うのだろう。

「……まっ、そんなことありえないけどね」

それこそ考える必要もないことだった。今さら宮廷が変わるわけない。

それは確信している。

◇◇◇

その日は突然訪れた。いつも通り、穏やかな時間を過ごす中で。

「姉上！　姉上にお客さんが来てるって！」

「私に？」

「そう言っていましたよ！　お隣の国の貴族さんです。お名前は――」

レナちゃんから客人の名前を聞く。

「え……」

少しだけ予感はあった。隣の国、私の故郷からの客人という時点で、嬉しくない相手だろうと。

それでも予想の上を行っていた。

まさか、どうして？

疑問と共に動揺が走る。

「お姉様？」

「――あ、ありがとう。その方はどちらにいらっしゃるの？」

「応接室ってところだよ！　姉上を待ってるって！」

「もうすぐ執事さんが呼びに来ると言っていました！」

トントントン。

タイミングを合わせるように、部屋の扉がノックされる。レナちゃんが言った通り、私に客人が来たという知らせを使用人から受けた。

どうやら正規のルートで国を訪れたらしい。王城まで来たということは、殿下の耳にも入っているはずだ。

殿下なら……。

会いたくなければ会わなくていい。

そう言ってくれそうな気がする。けど私は、少しだけ興味があった。

二度と会うことはないと思っていた人物が、私にトラウマを残しかけた人が、一体何をしに来たのか。

確かめたくなった。だから私は、彼に会うことに決めた。

◇◇◇

応接室にたどり着く。

深呼吸を一回。私は扉をノックして、部屋に入る。

「やぁ。久しぶりだね」

「……はい」

目と目が合う。相変わらず、清々しいほど明るい雰囲気を感じる。

以前は好きだった。大切に思っていた。けど、裏切られた……。

「お久しぶりです。サレーリオ様」

「はっはっ、今の君に様付けで呼ばれるのはどうなのかと思うけど」

「それをおっしゃるなら、サレーリオ様もでしょう」

「そうだね。今や一国の妃になった方に向ける態度ではなかった。謹《つつし》んでお詫びしよう」

空っぽの謝罪を受け取る。本気で悪いとは思っていない目だ。この人は昔から、何を考えているのかわからない時がある。

優しそうに見えて、瞳の奥では何を考えていたのか。そのことを私は気づけなかった。

彼が私を見放して、レイネシアさんの手を取っていたことにも。

「座ったらどうかな？」

「そうですね」

私たちは向かい合う。元婚約者同士、国境を越えて。こんな機会が訪れるとは夢にも思わなかった。

「どうしてこちらに？　私に会いに……というわけではありませんよね」

「ああ、こっちへ来たのは別件だよ。陛下の代理で訪れているから、待遇もそれなりにいい。おかげでこうして君とも話せる」

「……どういうおつもりですか？」

「どういうのは？」

「私とサレーリオ様の関係は、もう終わっています」

あの日、彼が裏切った瞬間。私たちは他人になった。それなのに……どうして、今さらそんな視線を向けるの？

婚約者だった頃のように。信じていた頃と同じ温かく優しい目をするの？

「大事な話があるんだ」

彼は語り出す。

あの日、別れを告げた時と同じセリフで。

「戻ってくる気はないかい？　宮廷に」

「――！」

心が、身体がざわつく。

「なんの冗談ですか？」

「冗談のつもりはないよ。こっちも本気で言っている」

だとしたら理解不能だ。彼だって見てきたはずだろう。

私が……。

「私が……戻りたがっていると思うのですか？」

「そうだね。かつての環境には戻りたくない、というのはわかっている。だから働く環境はこちらで改善しよう」

「改善？」

「僕の家は宮廷へ多額の寄付をしている。それ故に、僕には影響力がある。僕が動けば君への待遇は改善される」

彼は得意げに語る。ラトラトス家が宮廷に寄付していることは知っていた。だから彼が宮廷を自由に出入りできていたことも。

彼の提案には可能性がある。決して不可能なことを言っているわけじゃない。でも、だからこそ思う。

「どうして……今さらそんなことを言うんですか？」

それができたなら、なぜ今まで何もしなかったの？

私が大変な思いをしていることを、誰より身近で見てきたはずなのに。

「それについては申し訳ない。もっと早くこうするべきだったね」

「何を……」

本当に今さらだ。

「遅くなったけど、君の存在に僕たちは支えられていた。願わくば戻ってきてほしい。君だって、本当は望んでここへ来たわけじゃないだろう？」

「え、何を……」

「とぼけなくていい。何か理由が……弱みでも握られたかかな？　そうでもなければ辻褄《つじつま》が合わない。

君がこの国の王子と結婚するなんて」

彼は冷たい視線を向ける。

脅すように。まさか私たちのやり取りを聞いていた？

それは考えられない。あの場には私と殿下しかいなかった。でも、疑われている。私たちの関係を。

「こんな言い方したくはないけどね。今の君は、僕たちの国から逃げた裏切り者にされているんだよ」

裏切り……者？

「君はどう予想する？　自分がいなくなった宮廷の現状を」

「……」

「わからないかい？　簡単だと思うのだけど」

私は沈黙を保つ。予想はできる。

私が請け負っていた仕事が、そのまま誰かに移った。候補として考えられるのは魔導具師のレイネシアさんだ。

付与術師の役割に一番近く、似た結果を残せるのは魔導具師だけ。

加えて彼女は天才と呼ばれていた。突然浮いてしまった仕事を任せる相手として、これ以上の適任はいないだろう。だとしたら……。

手が回っていない？

「レイネシアさんのためですか？」

「彼女のためじゃない。この提案は君のためだよ。見知らぬ異国で暮らすのは大変だろう。慣れた場所で、楽に暮らすほうがいいとは思わないか？」

「そんなこと、想像できません」

「安心してくれ。僕が必ず実現しよう。君は僕たちに必要な存在だったんだ。ぜひとも戻ってきてほしい。僕も、陛下も望んでいるよ」

びくりと眉毛が反応する。どうしてここで、陛下の名前が出てくるのか。心がこわばる。

「宮廷での話は陛下にも伝わっている。陛下は少々お怒りだよ」

「どうして……陛下が」

「決まってるじゃないか。君が去ってしまったからだよ。陛下にとっても予想外だったようだね。たった一人がいなくなっただけで、宮廷が回らなくなるなんて」

やっぱり上手く回っていないんだ。けど、それを私のせいだというの？

それはあまりに理不尽じゃない？

「今ならまだ間に合う。国に戻ろう。君だって、好きでもない相手の妻になるなんて、本心では望んでいないんじゃないか？」

「……」

サレーリオ様の話は、半分は脅しのようなものだった。陛下の怒りが収まらなければ、もう二度と私はあの国へは戻れない。それだけじゃない。

私が結婚した相手は、隣国イストニア王国の王子だ。事が大きくなれば国際問題になるかもしれない。

危険な未来が想像できてしまう。国の規模だけなら、イストニアの倍はあるだろう。

もしも争いになったらこの国は……。

「これは君のためなんだよ」

ただ、私は苛立っていた。

あなたが何を知っているの？

嘘ばかりだ。そうやってまた私を騙《だま》す気でいる。一度騙された後で、今さら信じられない。

上手く言いくるめて、自分の思い通りにしてしまおう。そういう魂胆が見え透いている。

今から思えば、彼ほどわかりやすい人もいない。考えが読めなかったのは、私が彼を信じてしまっていたからだ。

好きだったからだ。でも今の私に、彼への思いはない。だから今なら、よくわかる。

この薄っぺらい男の……考えるすべてが。

「……私は――」

口を開く直前、扉が開く。ノックもなく、勢いよく。大きな音を立てながら。

「遅れてすまないな」

殿下が部屋に入ってくる。走ってきたのか、少し呼吸が荒い。

「レイン王子……」

サレーリオ様と殿下、二人が視線を合わせる。

「お呼びしたつもりはありませんが……？」

「呼ばれなければ来てはいけないのか？　ここは俺の国、この城は俺の家、そして――」

殿下は歩み寄る。早足で、私の元へ。その手は私の肩を掴む。

「彼女は俺の妻だ」

「――！」

「……」

その言葉は……どこまで本心なのだろう。

わからないけれど、胸がうるさい。

「妻が男と二人きりで会ってる。そんな状況が俺には許せなかっただけだ」

「許可は得ています」

「いいや、彼女と二人で話す許可は出していない。ここは俺の家だと言ったはずだ」

「私は客人ですよ？」

「そうだな。だが、話はすでに終わっているはずだろう？　俺は確か、すぐに帰国すると聞いていたんだが……」

殿下はギロッとサレーリオ様を睨む。どうやら先に殿下とは本来の目的で話をしていたみたいだ。その後に私と会うことを、殿下は知らなかった。私の目には、殿下が苛立っているように見える。

嘘をつかれたことに？

それとも……。

「ここは王城だ。客人とはいえ、部外者が自由に出歩いていい場所ではない。それとも貴国ではそれが普通なのか？」

「……これは失礼しました。彼女とは個人的に交友があったもので」

「そうか。ならば今後は気をつけてもらう。彼女はもう、貴国の人間ではない。この国の……俺の妻、フィリス・イストニアだ。勝手に連れ出そうなどと……考えないほうがいい」

殿下はニヤリと笑みを浮かべる。

「……聞いていたのですか」

「いいや、だが予想はつく。大方、彼女を連れ戻すために口説いていたのだろう？　だが振られたな」

「まだ答えは聞いていませんよ」

「そうか。ならばこの場で聞こう」

殿下は私と目を合わせる。いつになく真剣に。

「フィリスはどうしたい？　戻りたいか？」

「私は……」

「素直に言っていいぞ。国のことも、俺のことも考えるな。ただ、お前自身はどうしたい？」

まるで私の悩みに気づいているように。そう言われたら、答えは一つだ。

私は――

「戻りたいとは思いません」

「だろうな」

殿下は笑う。初めて見せる、無邪気な笑顔で。

「というわけだ。お引き取り願おうか」

「……わかっているのですか？　陛下は彼女が逃げたことにお怒りです」

「逃げた？　違うな。フィリスとの結婚はそちらの国王も同意している。書面も残っている。仮に勘違いがあったとしても、後から言えたことか？」

「それは……一国の王子としての発言ですか？」

「当然だ。俺はイストニア王国第一王子レイン・イストニア。俺の発言は王家の、この国の意志に相違ない」

ハッキリと、堂々と言い切る。彼は、イストニア王国は、私を手放す気はないと。

そう言ってくれている。意味を理解して、胸が締めつけられそうになる。

「わかりました。今の発言、陛下にもお伝えします」

「そうしてもらおう」

サレーリオ様は去っていく。今度こそ……いや、次に会うことがあったなら、その時は私も堂々としてみせよう。

王家の一員として。彼の……レイン殿下の妻として恥ずかしくないように。

「余計なお世話だったか？」

「いえ、ありがとうございます。おかげで……」

スッキリした。言いたいことを全部代わりに言ってもらえた。

私じゃ怖くて口にできないことも、殿下がちゃんと言葉にしてくれた。

自分でもびっくりだ。代弁してもらったほうが心地いいなんて。

「殿下は……」

「ん？　なんだ？」

「……いえ、なんでもありません」

私のことを、本当はどう思っているのか。知りたいけど、聞かないことにした。

聞くのが怖いというのもある。けれど、どちらでもよかった。この関係が偽物でも、偽りの夫婦でも構わない。
私は今が、この場所が好きだから。

第四章　日々に甘さを

「今日もいい天気」

庭園のテラスで紅茶を飲みながら、風の涼しさを感じて寛ぐ。

平和なひと時。誰に邪魔されることもなく、純粋に平穏を満喫《まんきつ》している。激務から解放され、意地の悪い嫌がらせもない日常。

なんて幸せなのだろう。

「すまない、遅くなった」

「いえ、私も先ほど来たばかりですから」

「その嘘も何度目だ？」

「何度目でしょう。忘れてしまいました」

殿下と過ごす午後のお茶会。三日に一度、決まった時間に、私たちは二人でお茶をする。この国の習わし、家族や夫婦を大切にする考え方から定められたルール。

殿下は強制されることに異を唱えていたけど、家族の時間を尊重すること自体はやっぱり間違っていないと思う。

たとえ偽りの夫婦でも、こういう時間は大切だ。

「今日もお仕事で忙しかったんですか？」

「いつもよりはマシだ。ただ途中でライとレナに遭遇してな。遊んでくれとせがまれた」

「ふふっ、そういうことですか」

彼の一言で大体何があったのかは把握できた。

ライオネス王子とレナリー姫。双子の兄妹は、兄であるレイン殿下のことが大好きだ。

殿下も家族には甘い。遊んでほしいとお願いされて、無下にもできなかったのだろう。微笑ましい理由に、自然と笑みがこぼれる。

「お前のほうはどうなんだ？」

「いつも通りです」

「相変わらず退屈を持て余しているか」

「持て余すというほどじゃないですけど」

この国へ来たばかりの頃より、私もここでの生活に慣れてきた。

最初の頃はよそ者だった私を王城の人たちも少し警戒しているように見えた。

警戒、というより接し方に困っていたのだろう。丁寧だけどぎこちなくて、探り探りやっているような。

月日が経ち、私が城にいることにも慣れてくれたのか、最近は自然な流れで声をかけられることが増えた。今だからわかることだけど、この城はいろいろとおかしい。

もちろん、いい意味で。

殿下や双子の彼らが親しみやすい性格と態度だからだろう。王城の人たちものびのび仕事をしている。

王城や宮廷は窮屈な場所だと、私は思っていたのだけど。ここには窮屈さの欠片も感じられない。

だから私が、どういう人物なのかわからず戸惑っていたのかもしれない。

貴族や王族は本来、当たり前のように地位や権力を大切にする。それは普通のことで、何も間違っていない。一般の方からすれば偉そうで、怖く見えてしまう。

私もそういう、一般的な考え方の貴族だったとしたら、ここでの生活には合わなかったはずだ。

「のんびりする生活にも少し慣れてきました」

「それはよかったな。普通に楽をすることを覚えないと、人間どこかで倒れる。お前はその一歩手前まで走り続けていたわけだから、慣れるのも時間がかかる」

「そうかもしれません。でも、慣れてきたからこそ、退屈な時間をどう過ごせばいいのか考えるようになりました」

「それもいいことだ。仕事だけが人生のすべてじゃないからな」

殿下もそうおっしゃってくれる。つまるところ、仕事以外に打ち込める何かを探していた。

この国でも付与術師としての仕事はやらせてもらっている。モーゲン大臣からの依頼を定期的に受けるおかげで腕は鈍らないし、適度に退屈を紛らわすこともできていた。

ただ、仕事ばかりを求めているわけじゃない。

仕事に埋もれる生活は、もうしたくないと心から思っている。

何かほかに、楽しいと思えることがしたい。と、最近はよく考えるようになった。

「新しい趣味か。うん、いいんじゃないか？」

「ありがとうございます。でも中々見つからなくて、さっきも一人で考えていたんです。殿下はどんなご趣味をお持ちなんですか？」

「俺か？　俺の趣味……なんだろうな」

殿下はうーんとうなりながら考えている。上を見上げ、下を見下ろし、目を瞑り。

「言われてみるとわからないな」

「殿下もですか？」

「ああ。よく考えたら俺も仕事ばかりで……後は最近までずっと嫁探しをしていたからな。趣味というなら放浪か」

「ほ、放浪……ですか」

それは趣味と呼べるのだろうか。

目的も奥さんを探すことなら、それも仕事の一つな気がする。

「じゃあ、殿下が好きなものとかことってなんですか？」

「この国にあるすべて。景色も、人も、動物も、全部が俺の宝だ」

「王子様らしいですね」

「聞かれたらそう答えるように準備しているからな。ま、お前が聞きたいのはそういう堅いのじゃなくて、俺個人の好みだろうけど」

わかった上で真面目な回答をしたみたいだ。殿下は時々おちゃめな一面がある。

仕事に打ち込む熱心なところがあったり、他人の秘密を利用する意地悪なところがあったり、冗談を自然と口にしたり。

関わるほど見えてくる殿下の新しい一面は、私を少しワクワクさせる。

「好きなもの……か。運動は好きだな。これでも剣術には自信があるんだ。騎士団の奴らにも引けはとらないぞ？」

「そうなんですね」

「今度見せてやろう。他にはそうだな。食べものなら辛いものより甘いもの……そう、ちょうどここにあるお茶菓子みたいなのも好きだな」

「甘いほうが好みなんですね」

それはちょっと意外だった。殿下なら辛い味付けのほうが好きそうだと思っていたから。

単なるイメージでしかないけど、甘いものを好んで食べている殿下……。想像すると、なんだか可愛い。

「甘いもの……お菓子……」

「フィリス？」

「一つ、思いつきました。私のやってみたいこと」

「へぇ、なんだ？」

「内緒です。今度のお茶会を楽しみにしていてくださいね？」

私はニコリと微笑む。


お茶会の翌日。私は王城にある書庫に足を運んだ。

「よいしょっと」

テーブルにどさっと置かれる積み重なった本。本棚からかき集めてきたのは、お菓子作りについて書かれている本たちだ。

私は本を置いたテーブルの前に座る。

上から一冊ずつ手に取り、中をペラペラめくって目を通す。

殿下には内緒にした私のやりたいこと。それはお菓子作りだ。

殿下の好みが甘いものだと知って、それがお茶会の場だったから思いついたのだと思う。二人きりのお茶会で、私が作ったお菓子を一緒に食べる。

家族、夫婦らしい時間を演出できそうだったから。幸いなことに、料理の経験はそれなりにある。

両親を事故で亡くし、使用人を養うこともできなくて、屋敷からみんないなくなってしまった。

ラトラトス家の支援も、積み重なった借金を肩代わりしてくれただけだ。必然、身の周りのことは自分でやらなければならない。

まだ子供だからといって、誰かが助けてくれるわけでもなかった。

私は付与術の修業をする傍《かたわ》らで、自分で生きていくために必要な術を身に付けた。掃除、洗濯、料理……家事と呼べることはすべて一人でこなした。

料理なんかは特に工夫をした。

ラトラトス家から支援されるお金にも限りがあったから、食材も無駄にしないように。

「けど、普通の料理とお菓子作りは違うなぁ」

本にはお菓子作りの基礎が書かれている。

同じ食べ物を作ること。それでも考え方や作業の違いが顕著《けんちょ》に表れている。

ただ包丁の使い方とか、見知った食材や道具の扱い方は心得ているから、まったく知らないままお菓子作りに挑戦するわけじゃない。

それは救いだったと思う。次のお茶会は三日後だ。それまでに何か成果を残したいと考えている。

「頑張ってみようかな」

こうして何かに打ち込むのも久しぶりな気がする。付与術の修業をしていた頃を思い出す。

あの頃は必死だった。生きていくためには力がいる。まずは自分に足りない知識を集めて、付与術のことを理解した。自分で試して、知識と実際に差がないか確認したり。失敗の確率を減らすために、同じ効果付与を何度も反復練習もした。

ハッキリ言って、楽しい時間ではなかった。

楽しむ余裕なんてなかった。その点が、今とは大きく違うだろう。

私は夕方まで本を読み耽《ふけ》った。


翌日。書庫で蓄えた知識を元に、実際に何か作ってみることにした。料理長にお願いして、王城の厨房を借りる。

驚かれたけど、料理長は快く了承してくれた。厨房にある道具や食材は自由に使ってもいいそうだ。

材料の手配をどうしようか考えていたから、ありがたい。

「さぁ、何を作ろうかな」

最初だし、無理に難しいものを作っても上手くいかないだろう。背伸びせず、今の自分に適したものを選ぶべきだ。

昨日見たお菓子作りの本を思い出す。その中で手軽にできそうなものは……。

「クッキーとか？」

「姉上、クッキー作るの？」

「私たちもお手伝いしますわ！」

「ありがとう。でもこれは私がやらないと——ってうわっ！」

慌てて下を見る。ライ君とレナちゃん、二人が私の左右にピタッとくっついていた。

つぶらな瞳が私を見上げている。いつの間にか厨房に入ってきていたらしい。まったく気づかなくて、声を聞いて驚いてしまった。

心臓がドクドクいっている。

「ふ、二人ともいつからいたの？」

「さっきだよ！」

「お姉さまを探していたら厨房だと教えてもらったの！」

「そうなんだ」

時計をチラッと見る。確かにいつもこの時間に、二人が遊びに来ていたっけ。

私が部屋にいなかったから、わざわざ探しに来てくれたみたいだ。

そこまで私と一緒に遊びたかったのかな？

だとしたら嬉しくて、微笑ましい。

「姉上クッキー作るんでしょ！　僕たちもやる！」

「ありがとうライ君。でも私もお菓子作りは初めてだから、最初は自分でやってみたいんだ。だから二人には味見をお願いできないかな？」

「もちろんですわ！」

「クッキー大好きだからいいよ！」

二人とも喜んでくれている。どうやら二人もお菓子は大好きみたいだ。

レイン殿下の兄妹だからかな？

もしかすると、陛下や王妃様も甘いものが好きかもしれない。だったら尚更頑張ろう。

いつか陛下たちも含めたみんなに、私が作ったお菓子を振る舞ってみたいから。

テーブルに材料を準備する。クッキーにもいろいろ種類があって、それによって使う材料や調理方法が違うらしい。

今回はシンプルに作ろう。下手に趣向を凝らすより、最初はレシピ通りに。アレンジや工夫は上手くなってからでいい。

そこは付与術と同じだ。

「材料はこれでよしっと」

「三つだけなの？」

「これでクッキーができちゃうんですか？」

「そうみたいだね」

準備した材料は三種類。やわらかめの小麦を粉状にしたもの。

砂糖とマーガリンはどれも普通の料理でよく見かける材料で、目新しさは特にない。

私も使ったことのある食材ばかりだ。

「お姉様！　クッキーってどうやってつくるの？」

「僕も知りたい！」

「じゃあ話しながら作るね。私も昨日覚えたばかりだから、おさらいしようかな」

まずは小麦から作った粉を適当な大きさの袋に入れる。

これは袋じゃなくてもいいらしいけど、これが一番簡単だと書いてあった。

そこに砂糖。殿下は甘いほうが好きらしいから、少し多めに。アレンジするならここに他の食材も加える。

二つを混ぜたら袋を閉じて、振るぅ。

「振り振りするんだね！」

「うん。こうやって粉をもっとふわふわにするといいんだって」

「なんだか楽しそうですわ！」

確かにちょっと楽しい。腕は疲れるけどね。

時々中身を確認して、いい具合に粉と砂糖が混ざったところで三つ目の材料を投入する。

「姉上それ何？」

「えーっと、植物の油から作った材料で、名前はマーガリンだよ」

「マーガリン！　パンに塗るやつだ！」

「そういう使い方も多いね」

割と貴族や王族も口にする食材だ。

実際どうやって作っているのか知らないけど、美味しいから親しまれている。

マーガリンを入れたら、今度は揉《も》む。すべての材料が一つになって弾力が生まれる。

粉っぽさがなくなるまでしっかり揉む。

これも結構力がいる。非力な私にとっては、握力を鍛えるいい鍛錬になるかもしれない。

なんてことを考えながら揉み続けて。中身を確認して、粉っぽさが消えているかを見る。

「よし。大丈夫そうかな」

これでクッキーの生地ができあがった。この時点でかすかに甘い香りがする。

通常よりお砂糖を多めに入れたから、特に香るのだろう。

マーガリンの香りと混ざっていい感じだ。私は袋から生地を取り出す。

取り出した生地は真ん丸なお餅みたいになっていた。

次の工程だ。これを太めの木の棒を使って、引き延ばしていく。薄すぎても厚すぎても上手く焼けない。よく見るクッキーと同じくらいの厚さになるまで木の棒をコロコロさせる。

「このまま焼いたらおっきなクッキーができそう！」

「それいい！　姉上おっきいクッキーにしようよ！」

「ふふっ、面白そうだけど大きすぎたらお口で食べられないよ？」

「そんなことないよ！　いっぱいお口開けたら……」

ぐわーっと口を開けるライ君。しばらく無言で口を開けたまま、大きな生地と睨めっこ。

ライ君は口を閉じる。

「全然入らない……」

「当たり前だよ！」

現実を知ったライ君はしょんぼりしていた。可哀想だけど、可愛い。

この矛盾も微笑ましさの一つだ。

「一度じゃ食べられないけど、みんなで分けよう。今度大きいクッキーも作ってみましょう」

「ホント？　やったー！」

「お姉様は優しいですね。さすがお兄様の奥さんです」

なんだか恥ずかしい褒められた方をしているような……。

褒められているのだから素直に喜ぼう。ライ君の無邪気な笑顔も素敵だったし、いつか挑戦してみたいな。

そうこう考えているうちに、クッキーの生地をほどよく伸ばすことができた。

今度は形作りだ。無難に丸いクッキーにしよう。

厨房には型抜き用の道具が用意されている。せっかく使っていいと言われたのだから、ありがたくお借りしよう。

型を生地にはめ込んでいく。ペタペタとハンコを押すように。ある程度の間隔をあけて。

最後に枠の部分を持ち上げると。

「うん、形はこんな感じでいいかな」

「真ん丸！」

「もう食べられそうですわ！」

「あとは焼くだけだね」

型を取ったクッキー生地を専用のプレートに並べていく。厨房には一般家庭では見かけない道具や設備がたくさんある。

これもその一つだ。

飲食店なんかにもある熱した空気で食材を加熱する魔導具。こういう魔導具の進化が、国を、人々の暮らしを豊かにしている。

あらかじめ熱しておいた魔導具に、生地を並べたプレートを入れる。

高温なので火傷しないように。焼き時間は二十分ほど。それまでしばらく待っている。

「ちゃんと焼けるかな？　早く食べたいな！」

「大丈夫よ。だってお姉様が作っているんだもの」

二人もワクワクしながら焼き上がりを待っている。

王族が厨房に入って、自分で料理をしたり、料理する光景を眺めたりする機会はあまり多くないはずだ。私たちは貴重な体験をしている。そして待つこと二十分。

「焼き上がったみたいだね」

恐る恐る。出す時も火傷しないよう慎重に取り出す。

焼き上がりは……悪くない。色もしっかりクッキーになっていた。

「できたー！」

「いい香りですわ」

「冷ましてから食べてみようか」

冷ますための魔導具も厨房にはある。レシピには焼き上がった直後はしっとりしているけど、冷ませばサクサクになると書いてあった。

また少し待って、冷めたことを確認する。全員で一枚ずつ手に取り、せーので口に入れる。

サク、と音がする。

「「クッキーだ！」」

全員の第一声が重なる。美味しいとかよりも、クッキーになっていることに驚いてしまった。

初めてだったから、ちゃんとできたことにホッとする。

味はまぁ、普通だ。無難なクッキーの味がする。

「甘くておいしいよ！」

「さすがお姉様！」

「ありがとう。今後は違う味も試してみようかな」

ただのクッキー一つ。それで二人は喜んでくれる。だったらもっとすごいものを作ってあげよう。

そうしたら……きっともっと幸せになれるから。

次のお茶会までの間、私はクッキー作りに打ち込んだ。他のお菓子にも興味はあったし、挑戦したい気持ちはあったのだけど、最初は無理をしない。できることから順番に積み重ねる。

誰かに食べてもらうものを作っているんだから、失敗したものを食べさせたくない。限られた時間の中で模索し、自分にできることに精一杯取り組む。あの頃に戻ったみたいだ。でも……。

「楽しい」

段違いに楽しい。生きるために必死だった当時とは違う。

意気込みも、やる意味も、見ている先も。目の前しか見られなかったあの頃と、少し先の未来を見据えている今。

どちらが幸福かなんて、考えるまでもない。

そうして時間は過ぎて。


次のお茶会の日がやってきた。私は普段より少し早く起きて朝食を終える。

殿下にはまだ教えていない。びっくりしてもらいたくて、こっそり厨房も借りた。

ライ君とレナちゃんにも協力を頼んだ。

「殿下には内緒にしてね？」

「わかった！　内緒にする！」

「シーですね」

二人して人差し指を唇《くちびる》に当てて、内緒のポーズをする。しっかり約束は守ってくれているみたいだ。

おかげで気兼ねなく調理に専念できる。

昨日の夜のうちに、使う材料は準備してある。お茶会前は昼食もあって、厨房もバタバタするだろう。

朝食と昼食の間。わずかな時間で作って準備をする。

「材料よし」

さっそく作ろう。作りながら殿下の顔を思い浮かべる。

殿下が一度だけ私に見せてくれた無邪気な笑顔……。

もう一度見られたらいいな。

◇◇◇

お昼が過ぎて、暖かな日差しに照らされた庭園。先に来た私はテラスで待っていた。

いつも忙しい殿下は少し遅れてやってくる。

「待たせたな、フィリス」

「殿下。今日は早いですね」

「早いといっても時間はギリギリだがな」

そう言いながら席につく。いつものように。

「では始めようか」

「はい」

殿下が紅茶に口をつける。

まだ気づかない？

それとも気づいた上で、あえて気づかないフリをしている？

ドキドキする。なんだかもどかしい気分だ。今まで感じたことのない緊張が押し寄せて、自然と口数が減る。

殿下の視線が、テーブルの中心に向く。

「――！　なるほどな」

殿下が笑う。何かに気づいたようなセリフを口にして。彼はちらっと私のほうを一瞬だけ向いた。

その後すっと手を伸ばす。テーブルの中心、お皿の上に盛りつけられたクッキーへと。

一枚取り、口に入れる。

サクサクッと音が聞こえる。

かすかにゴクリと飲み込む音もした。噛みしめるように目を瞑る殿下。緊張が走る中、殿下は目を開けて私に微笑みかける。

「美味かったよ、フィリス」

その一言が聞きたくて待っていた。言葉が全身を駆け巡って、心と身体を震わせる。

この感覚も、初めてだ。

「これ、フィリスが作ったんだろ？」

「はい。よくわかりましたね」

「わかるさ。見た目が違う」

それは確かにそうだ。いつも用意されているお菓子はもっと種類もある。

プロが作ったものと比べたら、すぐ見分けはつく。そこは自覚している。

「驚いたな。フィリスはお菓子作りもできたのか？」

「いえ、これが初めてです」

「初めて？」

「はい。家庭の事情で料理はしたことがあったのですが、お菓子作りまでする余裕はなかったので」

殿下はクッキーをもう一枚取る。今回は味を複数用意してみた。

プレーンな味付けと、カカオ豆の粉を入れたもの、チーズを混ぜたもの。作ってみたら案外簡単で、なんとか形になってくれた。

「よくできてる。初めてなのにすごいな」

「そこまで難しいものではありませんから」

「いや、少なくとも俺は料理なんてしたことがない。自分で作ろうとも思っていなかった。だからまず、挑戦できることがすごいんだ」

そういう考え方もあるのかと。褒められた理由に感心しながら、美味しそうに食べてくれる殿下に見惚れる。

自分でもよくできているとは思った。

それでも一流の、売っているものと比べたら大したことはない。正直食べてもらうまで不安もあったけど。

「こっちの黒いほうは甘さも濃くていいな。俺が好きな味だ」

殿下がそう言ってくれる。嬉しそうな表情を見るだけで、私の心は安らぎ満たされる。

なんでもいいんだ、きっと。自分の努力を誰かに認められることが大切で、嬉しいことなんだ。

「挑戦してよかった」

ぼそりと呟く。ただの思いつきで始めたお菓子作りだったけど、今後も続けていこう。

「殿下は好きなお菓子ってありますか?」

「大抵は好きだぞ。甘いものならなんでも」

「特には?」

「特に、か。そうだな、しいて言えば――」

殿下の好みを見聞きして、より理解を深めていく。今度作る時はもっと美味しいものを。より満足してもらえるお菓子を提供したい。

私のお菓子作りへの意欲は、殿下に喜んでもらえることだった。

さぁ、次は何を作ろうかな？

今から次のお茶会が楽しみになる。新しい趣味を持つって、本当に大切なことらしい。その一つで、人生の楽しさが大きく変わる。

第五章　初めての連続

「遠征への同行、ですか？」

「はい。今回は少々事情がありまして、フィリス様のお力をお貸しいただきたく」

ある日、モーゲン大臣と騎士団長さんがそろって私の元を訪ねてきた。依頼の話ではあるみたいだけど、今回は事情が違うらしい。

話し合いの席には殿下も同席している。私は殿下に視線を向ける。

「王都から西に向かったところに、スエールという大きな街がある。人口も王都と遜色ない大都市だ。そこが今回の遠征場所になる」

「そこに私も一緒に？」

「そういう話だったな」

殿下はモーゲン大臣に視線を向け、続きを話すように促す。大臣は軽く頷き、説明の続きを語る。

「毎年この時期になると、スエール周辺で魔物の大移動が起こるのです」

「魔物の大移動？」

「はい」

大臣は深刻な顔で頷き答えた。

スエールという都市の周囲は、森や川など広大な自然に囲まれている。必然、動物や魔物も多く生息しており、スエールには街を守るために巨大な壁が作られている。

大概はその壁で守れるのだけど、大移動時は各方面から異なる種類の魔物が群れを成して押し寄せるそうだ。

岩石を溶かす力をもった魔物には、石の壁なんて関係ない。中には空を飛ぶ魔物もいる。

王国は毎年この時期に、王都から騎士団を派遣して対処していた。

「今年も同様に騎士団を派遣する予定です。ですが毎年のことながら、それなりの被害が出てしまいます。魔物の数も多いのですが……」

「一番の問題は、その種類の多さにあります」

騎士団長が口を開いた。

「一種類、二種類程度の魔物には、万全の準備をして臨むことで被害を出さずに討伐することが可能です。しかし数種類の魔物と同時に戦う場合はそうもいきません。すべてに万全に備えるなど不可能なことです」

「臨機応変な対応が必要になる。そこでフィリス、お前の力が必要になる」

殿下が最後のまとめのように言う。ここまで説明してもらったら、彼らの意図は十分にわかった。

私の付与術なら戦況に合わせて効果を変えられる。

話を聞く限り、大移動してくる魔物は毎年同じというわけでもないらしい。

そこも対策が練りにくい要因の一つになっていた。

「フィリス様にお願いしたいのは、騎士たちへの支援です。実際に戦場で戦うのは騎士の役目ですので、フィリス様の危険は少ないでしょう」

「フィリス様の安全は我々騎士団が保証いたします。苦戦はしますが、今まで一度も守りを突破されたことはありませんので、壁の中にいていただければ安全です」

「彼らの実力は俺が保証しておこう。よく国を守護してくれている頼りになる存在だ。俺から言えることはそれくらいだが、後はフィリスが決めていい」

「私が、選ぶんですね」

「ああ、お前が選択すればいい、どうしたいか」

少し、迷う。私の力を必要としてくれていることは理解できた。でも、どうしてか漠然《ばくぜん》とした不安が胸の奥にくすぶっている。

いつもみたいに手放しで、はい、わかりましたとは言えない何かが……。

「あーちなみに、スエールは俺の管轄だ。だから俺も行くことになる」

「殿下も行かれるのですか？」

「ああ、毎年そうだ。街の様子を見る視察も兼ねてな」

「そうなんですね」

そうか。殿下もスエールには行くんだ。

「わかりました。私もスエールへ同行します」

「本当ですか⁉」

「はい。私の力が少しでも皆さんのお役に立てるなら嬉しいです」

「ありがたい！　本当に」

嬉しそうに頭を下げるモーゲン大臣。その隣の騎士団長も、無言でより深いお辞儀をしていた。

渋っていた自分が情けない。そして何より、自分が贅沢なんだと改めて思った。殿下が一緒に行くと聞いてから、胸の奥にあったモヤモヤがすっと消えたのだから。

それはつまり、私が感じていた不安の正体は……。

「じゃあ今年は、俺たち二人でスエールへ行くことになるな」

「はい。よろしくお願いします」

「こっちこそだ。たぶん俺より、お前が行くほうが望まれているだろうな」

「……そんなこと、ありませんよ」

もし殿下が行かないという話なら、私はどうしただろう？

行きたくないと断った？

さすがに行くとは思うけど、不安を抱えたまま戦地へ赴くことになったはずだ。殿下の存在があるから、私は迷わず願いを聞こうと思えた。

結局、私は殿下と離れたくなかったらしい。

◇◇◇

「行っちゃうんですか、お姉様！」

「兄上もずるい！　僕たちも行きたいよ！」

遠征の話を二人にすると、案の定文句を言われてしまった。

二人ならそう言うと思っていた。ライ君は殿下の右袖にくっついて、レナちゃんは私の背中を引っ張る。

「ダメだって言ってるだろ？　こいつら毎年これなんだ」

「行きたい！」

「行きたいです！」

「あはははは……」

二人は今日も元気いっぱいだ。

「俺たちは仕事で行くんだ。遊びに行くわけじゃない」

「姉上も？」

「そうだぞ。だから大人しくして待ってろ」

「うぅ……」

我が儘を言いつつも、最後はちゃんと言うことを聞く。二人とも利口な子供だ。けど納得はしていないとビンビン伝わってくる。

本当は一緒にいたいよね。私も、二人と遊べないのは寂しい。

「帰ってきたら、一緒にお菓子作りをしよう」

「本当!?」

「約束ですよ！　お姉様」

「うん、約束するよ」

帰還後の楽しみを残し、私は仕事に向き合う。

遠征の日はあっという間に訪れる。私と殿下は同じ馬車に乗った。

ゴロゴロと車輪が回り、揺れながら視界が移動していく。

王都を出る。私にとって初めての経験が始まる。

「不安か？」

「いえ。不安よりも、不謹慎ですが楽しみです。私はまだこの国を知りませんから」

「そうか。なら手早く仕事を終わらせてよく見ておくといい。この国を、王都の外を」

「はい」

私がこのイストニア王国に来て一か月以上経過している。王城での生活には慣れて、新しい趣味も見つけて、充実した日々を送っている。

だけど私は、王城の周りのことしか知らない。王都ですら、誰かに聞かなければ目的地にたどり着けない。

未だ私はよそ者だ。この遠征は、私が城の外を知るのにうってつけだろう。

私たちを乗せた馬車が王城の敷地を出る。地味な装飾の馬車だから、誰も王族が乗っているとは思わないだろう。

「あまり顔を出すなよ。俺たちが乗っていると知られたら、ちょっとしたお祭り騒ぎになるからな」

「私はまだ国民に覚えられていないと思いますよ？」

「案外見ているものだぞ？　たった一回でも、王族とは目立つ存在だからな」

私も一応は国民の前に顔を出したことはある。この国に来てすぐ、披露宴の時だ。

王族の結婚は、その国の未来にも大きくかかわる。どんな人物を妻にもらったのか、国民たちも興味津々だった。大勢の視線に慣れていなかった私は、終始緊張して引きつった笑顔を浮かべていただろう。王族も楽じゃないなとわかった瞬間だった。

今ならもう少しまともな表情を見せられるかな？

馬車は王都の街を進む。いろんな人が見える。働く人、のんびり休憩中の人、何をしているのかわからない人。お店も、生活も様々だ。

「王都も広いですね」

「お前がいた国も広かっただろう？」

「私はほとんど宮廷に引きこもっていたので……」

「そうだったな。その点は今も大して変わらないか」

おかしくて笑う。確かにその通りだ。今も、王城に引きこもっているようなものだから。

それでも感じ方がまったく違うのは、この国で過ごす毎日が充実している証拠だろう。

「戻ったら王都の中も案内しようか？」

「殿下がですか？」

「他に誰がいる？　こっそり国民の生活を見に行くのは慣れているからな。お前にその気があるなら同行させてやろう」

「ぜひお願いします」

殿下は時折、正体を隠して王都を巡っているそうだ。

なんだか楽しそうな気がする。仕事が終わってからの楽しみが、また一つ増えた。

◇◇◇

馬車を走らせ半日。王都を出発した私たちは、途中休憩を挟みながら進み、目的地のスエールへたどり着いた。

大自然に囲まれながらも、溶け込めていない巨大な建造物。岩石の壁が覆う場所にこそ、件の街がある。

街を囲む巨大な壁は、近づくほどにその大きさに圧倒される。

「ここがスエールの街……」

「ああ。この国では二番目に大きい都市、第二の王都と呼ばれている」

その名の通り、壁の中には賑やかで色鮮やかな街並みが広がっていた。

馬車の窓から見える景色は、王都のそれを思い出させる。王都よりも規模が小さい程度の違いだろうか。

人口も多く、到着したのは日も落ちた頃だというのに、街中を歩く人の波が見える。

「賑《にぎ》わっていますね」

「今はちょうど夕食時だ。仕事終わりに酒を飲み、楽しむ者も多い。賑やかな辺りは酒場が多いぞ」

「本当ですね」

お酒を飲み交わしている男性が集まっていた。

おそらく冒険者の方々だろうか。危険な依頼を終えた後に、お互いの無事と成果を噛みしめている……のかな？

私の生まれ故郷にも冒険者の方はいたのだけど、残念ながら関わる機会はなかった。

人とか。

噂《うわさ》で聞いた程度の知識しかない。盗賊一歩手前の野蛮な人たちだとか、戦うことしかできない原始
宮廷では酷い言われようだったな。

「冒険者ってどんな方たちなのかな……」

「知りたければ直接話をしてみればいい。どうせ関わることになるぞ」

「え？」

「今回の防衛は街全体を巻き込む大仕事だ。街にいる冒険者にも協力してもらう。もちろん報酬付きでな」

「そうだったんですね」

だったら間近で見られるのか。冒険者がどういう人たちなのか。

噂が事実か、ただの噂でしかなかったのか。ちょっと楽しみだ。馬車は街中を進み、一軒の屋敷にたどり着く。

「ここに泊まるんですか？」

「ああ、王家が所有する別荘だ。王都から連れてきた騎士たちも滞在する。さすがに全員は入りきらないから、一部には街の宿を借りさせるがな」

王都から同行した騎士は五千人弱。すでにスエールに駐屯している騎士も二千人以上いる。

そこに冒険者の方々を加えた大部隊で、共にスエールを守る。

王都並みに広い街じゃなければ、あふれて野宿することになっていただろう。もっとも、それだけ大きい街だからこそ、守るために必要な人数も多いわけで。

必然、私の仕事も多くなる。私も気合を入れなきゃいけないな。

と、意気込んでいた私は……。

「ここが俺たちの寝室だ」

「はい……え？」

いきなり人生最大の危機を迎えていた。

「えっと……私たちの部屋……なんですね？」

「そう言ったぞ」

「たちっていうのはその……殿下と私ですよね？」

「他に誰がいるんだ？」

そうですよねぇ……。

「連れてきた人数が多いからな。屋敷の部屋すべて使っても足りない。部屋を優雅に使う余裕はないぞ」

「わ、わかっています」

「そんなに一人がよかったか？　それとも俺と一緒は嫌か？」

「そ、そんなことありません！」

私は大声で否定する。自分でもびっくりするくらい大きな声が出た。

お腹の底から出たような、本音の声だ。

殿下も驚いて目を丸くしている。

「それはよかった」

「は、はい……」

「まぁ確かに、男女で同じ部屋というのはよくないが……構わないだろ？　対外的にも、俺たちは夫婦なわけだ。誰も不自然には思わん。むしろ別々のほうが不自然だと思われる。この国では」

「家族を大切にする、ですよね」

「よくわかってるな。つまりはそういうことだ。ここは王都でも城の中でもない。不特定多数の日がある場所だということを覚えておけ。そして意識しておくんだ」

殿下は真剣な表情で呟く。

「自分が誰の妻になったかを」

「はい」

小さく頷く。そう、私はもう宮廷付与術師ではない。今はイストニア王国第一王子、レイン・イストニアの妻だ。

その肩書に、立場に見合った態度と振る舞いをしなければならない。

ここは王城の外、私を他者の目から守る壁は……ない。

「ふぅ……」

気合を入れるべきは、付与術師としてだけじゃなかったな。

王族の妻としてもしっかり振る舞おう。私はごくりと唾を呑み、意識を改める。

「まぁ煽っておいてあれだが、気張るのは明日からだ。今日は特に予定もないぞ」

「あ、はい」

せっかく気合を入れたのに。わざと煽ったのかな？

シュンと肩の力が一気に抜けていく。

「先に夕食だ。行こうか」

「はい」

殿下と共に夕食の場へ向かう。

二人きりの食事。夕食の時間は騎士さんたちと別々だった。

静かな時間が流れる。陛下やライ君たちと顔を合わせてからは、家族みんなで食事をとる機会が増えた。

だから久しぶりだ。こうして殿下と二人だけで夕食をとるのは。

お茶会とも違う雰囲気を感じる。

そして――

就寝時間。私と殿下は初めて、同じベッドで横になった。

もちろん横になっただけだ。ただ私にとって異性と一緒に寝るというのは、刺激が強い体験だった。

ドキドキして眠れる気がしない。

そんな私を気遣ってか、隣から声が聞こえる。

「明日は現場の確認と、大移動に備えた作戦会議もある。どちらもフィリス、お前にも同席してもらうが構わないな？」

「は、はい。もちろんです」

「緊張するには早いぞ。まぁ気持ちはわかるがな」

「殿下も緊張するんですか？」

返ってきたのは静寂だった。私はおもむろに、殿下のほうへ首を回す。すると殿下も、私へ視線を向けた。

「するさ」

そう、一言で答えた。意外だと思った。

いつも堂々としている殿下は、緊張なんてしないと思っていたから。

「殿下も緊張することがあるんですね」

「俺を何だと思ってるんだ？」

「す、すみません。その、いつも凜々しいというか、堂々とされているので……慣れていらっしゃるのかなと」

「慣れはある。が、俺たち王族は常に視線を受ける。それも様々な種類の。時には敵意もある」

敵意……。

この国にもいるのだろうか。王族や貴族を快く思わない人たちが。地位ある者が得るのはいいものばかりじゃない。反感や恨みを買うことだって少なくない。

王族なんて特にそうだ。

「俺の一挙手一投足が、国の未来に関わる。だから常に考えているよ。何が正しくて、何が間違っているのか。皆が求める俺は、理想の王子とはなんなのか……」

いくら考えても答えは出ない。答えがわかるのは、示して結果が出た後だ。

殿下はため息交じりにそう言った。

本当に意外だ。今の言葉は、殿下の弱音だった。殿下も悩み、不安を抱えているんだ。

「……そうですか。殿下も」

「ふっ、どうしてそこで安心したような顔をする？」

「え？　そんな顔をしていましたか？」

「していた。自分と同じでよかった、とか思ったんじゃないか？」

図星だった。殿下は時々、心の声が聞こえているんじゃないかと思えるほど、私の考えを鋭く言い当てる。

それとも私がわかりやすいのだろうか。恥ずかしさからか、心臓がドクドクうるさくなる。

「誰だって不安や悩みは抱えているものだ。俺も、ライやレナも、父上たちもな。だがその悩みを国民に見せてはいけない。俺たちの不安が伝われば、彼らも不安になる。俺たちは王族。この国を支える人間が、弱音を見せてはいけないんだ」

それはまるで決意のように。殿下は力強い視線と声で私に語りかける。

私もそうあるべきだと。強く、示している。

「……はい」

「もし弱音を吐きたいときは、信じられる相手だけにしろ。たとえば家族とか……な」

「家族……」

だったら私は――

「殿下には、弱音を吐いていいんですか？」

「そういうことになるな。俺たちは……一応、夫婦だ」

「……そうですね」

殿下が私に弱音を吐いたのは、同じ理由だろうか。夫婦だから、信じられる相手と思ってくれているのだとしたら、なんて誇らしい。

殿下の新しい一面を見せられ、安心しながら……。

夜が更けていく。

◇◇◇

朝。小鳥のさえずりを聞きながら、ゆっくりと目を開ける。見慣れ始めた天井とは違う。けれどどこか懐かしさを感じる景色をぼーっと見つめる。

おもむろに横を向くと……。

「いない」

殿下がいなかった。私は昨夜、殿下と同じベッドで眠った。

特に何かあったわけでもなく、お互いの話をしていたら、いつの間にか意識が沈んでいた。

慣れない馬車での移動で身体が疲れていたのだろう。緊張が消えた途端に眠気が襲ってきて、目を閉じれば一瞬だったと思う。

私は身体をむくっと起こす。

「起きたか」

「殿下」

窓際から声がして、殿下と視線が合う。

寝巻ではなく、すでに正装に着替えていた。

「おはようございます」

「ああ、おはよう。ちゃんと眠れたみたいだな」

「はい。殿下は早起きなんですね」

「偶々だ。今日は早く起きただけで、遅いときもあるぞ」

そう言っているけど、たぶん殿下の遅いは普通の人の早い時間なんじゃないかと思う。

私も以前までは朝が早かった。決まった時間に目覚めて仕事に行かないと、眠る時間が減ってしまうからだ。

この国に来てから急ぐことがなくなって、ゆったり眠ることができるようになった。そのおかげなのか、最近は目覚めがとてもいい。

「俺は先に出て兵たちに指示を出してくる。お前も着替えて朝食の場に来てくれ」

「はい」

そう言い残して殿下は一人、先に部屋を出ていった。

私はベッドから降りて、昨日のうちに用意しておいた着替えを手に取る。女性の着替えを邪魔しないように、殿下は先に自分の支度を済ませたのかもしれない。

そういう気遣いができる人だとわかってきた。

着替えを済ませた私は、殿下に遅れて部屋を出る。屋敷の構造は単純で、初めての場所だけど王城に比べたらわかりやすい。

寝室は二階、食事をするのは一階の広間。食事の席には私と殿下だけで、騎士さんたちは時間をずらして食事をとっている。

「フィリス、昨日も話したと思うが今日からが本番だ」

「はい。先に視察からですね」

「その予定だ。街を管理している者がいる。彼に状況を聞きながら案内してもらう予定だ」

各都市には管理者が一人以上いる。王家に仕える貴族の中から選ばれる彼らは、実質各都市の王のような存在だ。

国を統べるのは王族だけど、すべての街や村を直接治めることは難しい。

人の目、手の届く範囲には限りがある。それ故に、信頼できる人物を管理者に置き、統治を代行してもらう。

どこの国も同様にしていることだ。

「食べ終わったらすぐ出るぞ」

「はい」

朝食を終えた私と殿下は屋敷を出発する。道中で騎士団長さんとも合流して、三人で向かうことになった。

街の中心にある役所と呼ばれている建物。納税や住民の相談に乗ったり、様々な業務を任されている国の機関。ここにスエールを管理している貴族がいるそうだ。

王都でいうところの宮廷のような役割になる。

「お待ちしておりました。レイン殿下」

「ああ、久しぶりだな、ベリエール公爵。変わりないか？」

「はい。ご覧の通り元気です」

「そうか。以前より太ったか？」

「あははは……お恥ずかしながら少々運動不足でして。最近膝《ひざ》が悪くなってきたのですよ」

世間話を始める二人。ベリエール公爵は、今年で五十を歳超えるご年配の方だった。

凜々しい髭と白髪は、どこか陛下に近いものを感じる。見た目はちょっと怖そうだけど、話してみれば気さくで優しい人のようだ。

「騎士団長殿も！　相変わらずいい体つきをしていらっしゃる」

「ありがとうございます」

「はっはっはっ」

ふと、公爵の視線が私に向けられる。

「して、そちらのお方は？　初めて見る方ですが」

「俺の妻だよ」

「なんと！　この方が噂に聞く殿下を射止めた御仁でしたか！　これは挨拶もせずに大変失礼いたしました。私はこの地を任されておりますベリエール・ボリティアノと申します。以後お見知りおきくださいませ」

彼は丁寧に、深々と頭を下げる。

王都では顔と名前が浸透してきているけど、少し離れるとまだ知らない人も多いようだ。特に顔は、実際に見ていないとわからない。

私は王族の妻らしく、毅然《きぜん》とした態度で受け答えをする。

「殿下の妻のフィリスです。よろしくお願いします」

「フィリス様も来ていただいたのですね。確かお噂では、凄腕の付与術師であると」

「ああ、彼女の腕は一流だ。それは俺と」

「私も保証します。フィリス様の付与術のお陰で、我々騎士団も大変助かっておりますので」

殿下と騎士団長、二人して私を褒めてくれる。

それを聞いた公爵様はふむふむと頷き、にこりと笑いながら私を見る。

「お二方がそうおっしゃるなら間違いありませんな。なんとも心強い助っ人だ。此度の防衛作戦に期待が高まります」

「その期待は裏切るかもしれないぞ。いい意味でな」

「なんと！　そこまでとは」

「で、殿下……」

すごく私を持ち上げてくれる。嬉しい反面、あまり期待値を上げないでほしい。

私はそんなに大した人間じゃ……。

「ではさっそく、皆様に現状の報告と対策についてお話しをしましょう。どうぞこちらへ」

「ああ」

公爵に続いて施設の奥へと進む。

道中、こそっと殿下の耳元で囁く。

「あ、あまり期待されると困ります」

「心配するな。お前が普段通りに仕事をすれば大抵は驚く。もっと自信を持て」

「そ、そんなこと言われても……」

こういうところは意地悪だ。


応接室に案内され、対面で座る。のんびりした雰囲気だけど、公爵様の表情は真剣だった。

それもそのはずだろう。

「さっそく現状の報告を。すでにご存じかと思いますが、魔物の大移動の時期が迫っております」

この街最大の脅威、危機が迫っている。毎年のことだからこそ、その恐ろしさを誰よりも痛感している。備えなければ街が危ない。

街を管理する者として、対策を練る必要がある。

「騎士の偵察によれば、今年の移動は最低でも三回に分かれると」

「方角は？」

「北から南が一、東から東北が二。この三つは確定のものと考えていただければ」

「魔物の種類はわかりますか？」

騎士団長の質問に対して、公爵様は複数枚の用紙をテーブルに置く。魔物の動向を調べてくれた先遣隊の報告書だ。

そこには確認された魔物についても書かれている。

「今のところはこれだけです」

騎士団長が先に目を通す。

「なるほど。昨年とそこまで変わらないようですね」

「はい。ただ例年のことですが、我々の予想を必ず超えてくる。ここに記されている魔物だけではないことは確実でしょう」

「ええ」

私は殿下から、昨年やそれ以前の防衛作戦について簡単に聞いている。

流れは基本的に同じ。先遣隊が周囲の魔物たちを確認し、彼らの動向を予想する。

そして発見された魔物に合わせた対策を練って本番に挑む。しかしいつも、偵察では確認できなかった魔物や他の群れが合流して、より巨大な群れになって移動することが多い。

予想してもしきれないので、現場の判断に任せられる。

「毎年数が増えるのも考えものだな。去年はかなりギリギリの攻防だった。今年はそれを上回る苛烈さが待っているだろう」

「ええ、殿下のおっしゃる通りです。こちらも可能な限り万全の対策を練らなければ」

「ああ、そのためにフィリスがいる」

全員の注目が私に集まる。

ビクッと反応した私は、緊張しながら答える。

「最善を尽くします」

「フィリスはどう見る？　この資料から」

報告書が騎士団長から私に渡る。ペラペラとめくり、中身を確認した。

昨年のことも書いてある。昨年は六度にわたって大進攻があり、別方向からの進攻が重なったこともあって、騎士団に大きな被害が出てしまったそうだ。

それに伴い、本年は人員の増加も行っている。

昨年に確認された魔物は……。

「一つ質問してもよろしいでしょうか？」

「はい。なんなりと」

公爵様が答える。

「街を横断する魔物は毎年違うという話ですが、過去五年の資料は残っていませんか？」

「それはもちろん残っていますが、あまり古い資料は参考にはならないかと」

「他にどんな魔物が確認されたか知りたいんです。いくら毎年違うといっても、周囲の環境が大きく変わるわけじゃありません。なら、押し寄せる魔物の種類にも限度はあるはずです」

「確かに、絞ることはできましょうが、かなりの数が……」

「構わん。フィリスがほしいと言ってるんだ。持ってきてもらえるか？」

殿下が後押ししてくれる。すると公爵様は頷き、殿下がそうおっしゃるならと席を立つ。

しばらく待って、過去の資料も持ってきてくれた。

私は資料に目を通す。その間、三人は静かに待ってくれていた。

「お待たせしました」

「何かわかったか？」

「はい。出現する魔物の系統は把握しました。騎士団長さん、武器と防具、それから装飾品はどれくらい用意してありますか」

「予備も含めて兵力の三倍は準備してあります。装飾品類は五倍あります」

「必要になるだろうと思って俺が指示しておいた」

　さすが殿下だ。仕事が早くて先も見えている。それだけあれば十分だろう。

「ありがとうございます。ではこういう形で付与術を施します」

　三人に向けて考えを話す。

　ふむふむと聞く殿下と騎士団長。公爵様は目を丸くして、驚きながら聞き入っていた。

「――というのはいかがでしょう？」

「なるほど。それだけ備えがあれば防衛も楽に済みますね」

「数は多いがいけるのか？　フィリス」

「はい。ただ時間はかかります。戦いの日がいつになるかわからないので、重要度の高いものを優先で作っていくことにはなりそうです」

「さすがフィリス様です」

　殿下と騎士団長さんは納得してくれたらしい。

　あとは公爵様の反応次第だけど……。

「ほ、本気で言っておられるのですか？」

「もちろんです。これが私にできる最善の仕事になります」

「……にわかに信じられません。私も詳しいわけではありませんが、一人でこなせる量なのですか？」

「宮廷時代に比べたら、これくらい平気です」

　宮廷で働いていた頃は、もっとギリギリの納期で量も多かった。それもほとんど毎日だ。

　多少忙しくはなるだろうけど、あの頃に比べたら全然マシだ。だって、ちゃんと終わりが見えているから。

「ベリエール公爵の気持ちもわかる。実際に見れば嫌でも信じることになるぞ」

「な、なるほど。殿下がそうおっしゃるのであれば、お願いいたします」

「だそうだ」

「はい。お任せください」

三人の了承は得られた。あとは実行するのみ。信じてもらえるように、精一杯取り組もう。

この二日後。

私は予定していた作業の半分を終わらせた。

「……にわかに信じられません、本当にこれだけの数を二日で……」

「言った通り、見てもらったほうが早かったようだな」

倉庫に並べられた武器と防具。それらの半分には、私の付与術がすでに施されている。

殿下と共に作業の見学にやってきたベリエール公爵は、驚きのあまり口をポカーンと開けていた。

「まだ半分です。できれば魔物の大移動が来る前にすべて終わらせないと」

「す、凄まじい速度。たった一人の力とは思えないですな」

「俺も初めて見た時は驚いたよ。こんな人材がいるものかと……意味合いは少々違うが、彼女もまた一騎当千の英雄だな」

「私は英雄なんかじゃありませんよ」

褒めてもらえるのは嬉しいけど、私はそんな大したものじゃない。実際に戦うのは私ではなく、騎士さんたちだ。

私にできるのは、彼らの負担を少しでも減らすことだけ。

目の前に自分を殺せる存在がいる。死を感じながら、生のために戦わなければならない恐怖。

言葉では表せても、私は体感したことがない。きっと恐ろしくて辛い……私なら怖くて逃げ出してしまうような恐怖と、みんなが戦っている。

私なんかより、騎士の皆さんのほうがずっと英雄だ。

「私はただの裏方です。安全な場所にいる私に、英雄なんて言葉は相応しくありませんよ」

「謙虚、というより堅いな。もっと堂々と自慢してもいい立場だぞ」

「それはたぶん、一生無理だと思います」

そう言って笑う。私の性格的に、自慢するとかは考えられない。

仕事の出来に自信は持てても、私は私に自信が持てないでいる。

「まったく、俺の妻は奥ゆかしいな」

「奥ゆかしい……」

そうかな？

「私は驚かされてばかりです。あれほど結婚を嫌がっていた殿下が、突然相手を見つけてきたという話にも驚いておりましたが……これほど優れた才を持つお方なら納得です」

「別に、才能で選んだわけではないがな。しいて言うなら……波長が合ったからか」

「なるほど、波長ですか。それは確かに必要なことでございますね」

波長……確かにそうかもしれない。

一番は協力関係、利害の一致にほかならない。だけどお互いに似ている部分があったり、感覚を共有できたり。波長が合うという表現も、あながち間違いではない気がする。

少なくとも今はそう思える。

「これなら残りの作業もお任せして問題なさそうですね」

「はい。しっかり終わらせますから待っていてください」

「いやはや頼もしい。この街に常にいていただきたいほどですな」

「それは困るな。うちの弟と妹が飛んでくるぞ？」

「ライオネス様とレナリー様ですか。お二人とも仲良くされているようで、赤ん坊のころから知っている身としては微笑ましい限りです」

ベリエール公爵の期待を背負い、私は残りの作業に没頭する。

鎧、武器、装飾品。それぞれに付与術を施す。倉庫の中心には複数の魔法陣を描いてある。

あらかじめ物理的に魔法陣を描いておくことで、作業効率が上がり、魔力と体力消費を抑えることができる。

大量の効果付与を行う時に注意すべきなのは、その数が増えるほど増す失敗率と、魔力と体力を相当消費してしまうことだ。

私は常人よりも魔力量が多い。貴族の家柄の者はその傾向が強く、私も例外ではなかった。

おかげで複数の効果付与にも耐えられる。ただ問題は体力のほうだ。

「ふぅ……」

さすがに二日連続で作業を続けていると疲れが出てくる。宮廷時代に比べたらまだまだなのに、全身が疲れたと騒いでいる。

この国でのんびりした時間を過ごした弊害か。心なしか、以前よりも仕事の速度が落ちている気もする。もっと集中しないと。

いつ始まるかわからない戦いに備えて、私は気合を入れなおす。

「……」

そんな私を殿下は心配そうに眺めていた。

同日の夜。私はまだ倉庫にいた。武器や鎧を魔法陣の上に移動させ、付与術を施し戻す。それを延々と繰り返す。流れ作業だけど、集中しないと失敗する。

一秒も気は抜けない。実際の戦場を見たことはないけど、私にとっての戦場はここだ。

「次を用意して──」

「そこまでだ」

肩をぐっと摑まれる。振り返るとそこには殿下が立っていた。

「殿下？」

「何時だと思ってるんだ？　もう夕食の時間だぞ」

「え、あ……そうだったんですね」

倉庫には時計がないから時間がわからない。

というのは言い訳で、外を見ればとっくに真っ暗だ。夜になったことくらいわかる。けど私は今気づいた。

作業に集中していると、他が見えなくなってしまう。

「あと少しやっておきたいんです」

「ダメだ」

「で、でも……」

「ダメと言ったらダメだ。お前は十分に働いている。だからもう休め」

いつもより強めに、命令口調で私に言う。なんだか機嫌が悪いように見えた。

私は何か失敗してしまったのだろうか。

「す、すみません……」

「はぁ……」

大きなため息が聞こえる。

やっぱり私が失敗して、殿下の機嫌を損ねてしまった？

「王城での生活にも慣れて、よくなったと思っていたんだがな……」

「殿下？」

「フィリスは仕事に熱中すると他が見えなくなるな。いや、自分のことも見えていない。疲れているのに無理をしている。無理をしている自覚もない。今がまさにそれだ」

「あ……」

違う。怒っているんじゃない。殿下は……心配してくれているんだ。

「宮廷では誰も止めてくれなかったんだろ？　だからこうなった。お前は自分自身が苦しんでいることに自覚がない。それはあまりに危険だ」

「……すみません」

「謝るな。悪いことをしているわけじゃない。ただ、無茶する必要もない」

「はい」

殿下は優しく、私の肩に手を置く。

「お前はよくやっている。誰もが認めるだけの成果を出している。だからもう少し、自分を労わってやれ。もうその身体は、お前一人の物じゃない。俺の妻になったこと、忘れるな」

「……はい」

昔の私は休み方を知らなかった。それを少しずつ知っていって……けど、仕事に熱中すると忘れてしまう。昔に戻ってしまう。

辛く苦しかっただけの、あの頃に。殿下の手は力強く……それでいて優しく、私をあの頃から引き戻してくれる。

もう、頑張りすぎなくていいんだと。

◇◇◇

スエール滞在から五日後。ついにこの時がやってきた。

「団長！　北の方角から魔物の大群が迫ってきております！」

「来たか。数と種類は」

「想定された通りです」

「よし！　第一装備を準備し、各員配置につけ！」

騎士団長の低く激しい声が響く。騎士たちは立ち上がり、防具を纏い、剣をとる。

緊張の一瞬を、私は街を覆う壁の上から眺める。隣には殿下の姿もあった。

「屋敷にいてもよかったんだぞ？　壁の上も十分に危険な場所だ。魔物の中には遠距離攻撃をできるものや、飛べる個体もいる」

「わかっています。けど、ここで見届けたいんです」

私が施した付与術が、ちゃんと彼らを守ってくれるかどうか。もしも足りなければその場で付与術を重ねたい。

宮廷時代は外に目を向ける暇すらなかったけど、今は違う。私は私の仕事を最後まで見届ける。

「殿下こそよろしいのですか？」

「俺に安全な場所で吉報を待つなんてことができると思うか？」

「想像できませんね」

「よくわかってるじゃないか」

現場の指揮は基本的に騎士団長が執る。殿下はそれを見届け、彼らの判断に誤りがあれば口出しもする。

本来、王族が戦場にいることは稀だ。彼らは国の象徴でありトップに立つ者。そんな人間にもしものことがあったら、国の未来に関わるから。しかし逆に、前線にいることを示すことで、命をかけているのは自分だけじゃないと騎士たちに思わせることができる。

殿下はそう語り、迫りくる魔物の大群を見据える。

「始まるぞ」

「はい」

迫りくる魔物の群れ。彼らはどこへ向かい、何を求めているのか。

人々の穏やかな日々を守るため、武器を手にした騎士たちが迎え撃つ。今、二つが衝突する。

「総員、かかれ！」

騎士たちが前進する。魔物の群れに剣を向け、斬り裂く。まるで全面戦争だ。

私も初めて見る。これが……。

「戦い」

「そうだ。騎士たちは常に、こうして魔物と戦っている。命をかけて」

ごくりと息を飲む。視界の隅から隅まで埋め尽くす魔物の群れ。

それらに拮抗《きっこう》する騎士たち。訓練を積んでいても彼らは人間だ。

魔物よりも身体能力では遥かに劣っている。技術を磨き、経験を積むことで、肉体的なハンデを補っている。

「臆さず進め！　我らの武具には力が宿っている！」

「おおー！」

騎士たちの士気が上昇する。隣から小さく笑みがこぼれる。

「殿下？」

「いや、去年よりも安心して見ていられると思ってな」

「そう、なんですか？」

「ああ。動きが大違いだぞ」

味方にも大きな被害が出てしまったという去年の防衛戦。私が知らない激しい死闘を殿下は見ている。

その殿下が言うのだから間違いない。去年と今年、大きな違いは一点。

「お前の付与術が、騎士たちの背中を押しているんだ」

「私の……」

「不安は消えない。命のやり取りをしているんだ。恐怖が完全になくなることはない。だが……」

殿下は続ける。

力強く真剣な瞳で騎士たちを見下ろし。

「拭うことはできる。完全ではなくても、安心を与えることはできる。お前の力が彼らを支えているんだ」

彼の言葉は心に響く。私が、私の力が彼らの士気を上げた。

彼らの命を守ることができている。

今までも、騎士団からの仕事は引き受けていた。宮廷時代も含めれば、何千、何万という武器や防具に付与術を施してきた。

仕事だから、特に考えもせずに。でも、こうして現場を見て思う。

私がやってきたことは、誰かの命を守っていたんだと。

「……殿下。少しだけ、自信が持てそうな気がします」

「遅いんだよ。気づくのが」

「そうかもしれません」

もっと早くこの場所に来たかった。そうすれば私は……もっと責任とやりがいを持って仕事に取り組めただろう。

忙しすぎた宮廷時代でも。

「逃げる魔物は追う必要はない！　こちらに向かってくる魔物のみに専念しろ！」

「団長！　飛行が可能な魔物も確認されました！」

「よし、弓兵部隊を配置しろ！　一匹たりともスエールの上空を通らせるな！」

彼らの弓には自動追尾を、矢の一本一本には貫通力増加を付与してある。これで大抵の魔物は一撃で沈められる。

空を飛ぶ魔物は狙いを定めにくい。自動追尾は必須だ。

「弓兵部隊！　放て！」

壁に接近する魔物を、矢の雨が撃ち落とす。

その光景はまさに圧巻だ。

「今のを防げば、これで……」

「残党を制圧しろ！　勝利はすぐそこだ！」

さらに士気が上がる。魔物の群れも大半が殲滅された。

元々街に直進してくる魔物だけに絞っているため、左右を抜けた魔物たちは無視している。

魔物たちも最初から、街を襲うために進攻してきたのではない。彼らはただ、ここを通りたかっただけだ。

「どうして魔物はこの時期に移動してくるんでしょう」

「諸説あるな。一番有力なのは食料だ。これから冬に入る。食料がなくなれば魔物たちも生存できない。動物より魔物のほうが活動性が高く、その分必要になるエネルギーも膨大だ。食料が不足する前に移動したいのだろう」

「それは……ちょっと可哀想ですね」

「魔物に同情するか。お前は甘いな」

だって彼らも、生きるために必死だということだから。

少し同情する。

様々な思いを抱き、第一次防衛戦は終わる。私たちの勝利で。

◇◇◇

さらに翌日、第二次防衛戦が勃発する。しかしこれも。

「第一陣前へ！　一匹たりとも街へ近づかせるな！」

前日の戦闘で勢いづいた騎士団が魔物たちを圧倒。

危なげなく勝利を収める。続く第三次防衛戦はその二日後。予定されていた進攻とは別に、新たな魔物の大群が発見される。

二方向からの進攻、二種の魔物との衝突になった。

「無駄な戦闘は増やすな！　群れ同士を引き離すように立ち回るんだ！　弓兵部隊は牽制射撃開始！」

異なる群れ同士が衝突した場合、群れ同士が争いを始める可能性が高い。

ここが守るものもない場所であれば好都合。しかし防衛側にとって、乱戦は最も避けねばならない事態だ。指揮系統が乱れ、多くの犠牲者を出してしまう。

故に最優先は群れ同士を引きはがし、各個攻撃で対応することにある。

こういう時、殿下の存在は大きい。

「各員隊列を崩すな！　負傷した者はすぐに交代、後方支援に回れ」

「怪我をした方はこちらに！」

一方の指揮を殿下が担うことで、騎士団長の負担を軽減。さらに判断の遅れを減らす。私も怪我人の対応を手伝うことになった。

第一次、第二次に比べて激しい戦闘が繰り広げられる。

これも見事な指揮と騎士さんたちの頑張りによってなんとか突破した。

◇◇◇

「――軽傷者七名、重傷者なし、死傷者もなし……素晴らしい戦果です。さすがは王国騎士団」

「我々だけの力ではありません。此度は心強い支援がありました故」

公爵様と騎士団長も交え、私たちは現状の確認をする。騎士団長さんが私に視線を向ける。

「フィリス様、改めて感謝を。フィリス様のおかげで死傷者を出さずにここまで戦ってこれました。

騎士団を代表してお礼を言わせていただきたい」

「いえ、皆さんの頑張りがあってこそです。私は手助けをしただけですから」

「その助力こそが必要なものでした。もし去年もあなた様がいてくださったら……と、思ってしまうほどに」

騎士団長さんは笑みをこぼす。部下の方々が無事でホッとしている顔だった。

彼らを守れたこと、役に立てたことを誇りに思う。私の付与術は、ちゃんと現場で役立っていた。

それを確認できたことは、私に付与術師としての自信を持たせた。

「殿下もありがとうございます。的確な指示でした」

「褒められるほどではない。俺は昨年同様の仕事をしただけだ。結果が大きく違うのは、フィリスの存在が大きい」

「まさにその通り。フィリス様は我々にとって勝利の女神でございましょう」

「め、女神だなんて」

それはちょっと褒めすぎというか……けど、素直に嬉しい。

そこに騎士の一人がやってくる。

「団長！　南東より魔物が進攻してくるとの情報が入りました！」

「数と種類、いつ到着する？」

「はっ！　数は三千から四千あまり、種類は第二次防衛戦とほぼ同じ、到着予想は明日の正午です」

「そうか。おそらくこれが最後の戦いになるだろう」

騎士団長はぐっと拳を握る。その手を開き、指示を出す。

「各員に伝えろ！　明日の戦いに備えよと」

「はっ！」

気合は十分。被害も最小限に抑えこみ、味方の士気も衰えてはいない。

それでも疲労は蓄積される。魔物の大群との連戦、特に今しがた最も激しい戦いを終えたばかりだ。

そこに次の大群が迫る。

「最後の踏ん張りどころ、我ら騎士団の意地を見せてみせましょう」

「頼もしいな」

「……あの、次で最後なのですね？」

全員の視線が私に集まる。彼らの会話を聞いて、私にはある考えが浮かんでいた。

騎士団長が説明する。

「はい。各地にいる偵察隊からの報告では、それ以外に新たな群れは確認されておりません。ほぼ間違いなく、次が最後になります」

「そうですか……」

だったら私なりにやれることがある。危険ではあるけど、一人でも多くの人を守れる秘策が。

「殿下、お願いがあります」

付与術師人生、一世一代の大仕事になりそうだ。

◇◇◇

翌日正午。予想通り大群が迫る。騎士たちはすでに待機しており、衝突に備えている。

そんな彼らの後方に私は立っていた。

「本当にいいんだな？」

「はい」

壁の上ではなく、騎士たちと同じ目線に。

文字通りの戦場。危険がはびこる場所に立つ。

「お前の提案には驚かされた。そこまで度胸のある奴だったとは、正直思わなかったぞ」

「私も……自分でも不思議です。こんなこと、昔ならできなかったし、考えもしなかったと思います」

自ら危険を冒してまで、誰かを守ろうとする。

自分のことだけで精一杯だった過去の私には、踏み出せない一歩だった。

でも、私は見た。多くの人たちが命をかけている姿を。私の力を信じて戦ってくれる人々を。だから私はここに立っている。

危険を承知で、彼らと共に。

「殿下こそ、壁の上にいてもよかったのですよ」

「侮るなよ。妻一人を危険な場所に送れるか。皆が見ている」

「そうですね」

そこは心配だから、と言ってほしかったけど。

「来るぞ」

「準備します」

魔物の群れが迫る。数は相変わらず多い。騎士さんたちも構えるが、やはり表情には疲れが見える。

疲労による肉体の限界は、いつどのタイミングで訪れるかわからない。

もし戦闘中に倒れてしまったら？

そんなことはさせない。

「付与を開始します」

私がいる。私の力は、彼らを守れる。これまで数多くの付与を施してきた。

間違いなくこれが最大、最高の付与術。騎士団全員を囲むほど巨大な魔法陣を展開させ、一斉に付与を施す。

「か、身体が軽く……」

「これがフィリス様のお力か」

生物への効果付与は長時間維持できない。その代わり消費する魔力量は少ない。

彼らに付与した効果は二つ。身体能力向上と、治癒力強化。効果時間は約十分、その間に限り彼らは初戦と同等のパフォーマンスを発揮できる。

「行くぞ！　最後の戦いだ！」

戦闘が始まる。後はもう、見守るしかできない。

「はぁ……はぁ……」

「大丈夫か？」

「はい。さすがに魔力が空っぽです」

「十分だ。この戦い、俺たちの勝利で終わる」

殿下は確信してた。そして、間もなく戦は終わる。最後の戦いが最も早く終わり、誰もが活き活きとしていた。

「フィリスは以前、自分は英雄じゃないと言っていたな」

殿下は語り出す。フラフラの私を抱きかかえながら。

「今なら、英雄と呼ばれてもいいんじゃないか？」

「……そう、でしょうか」

もしも、英雄に条件があるのだとしたら。

今の私は——

「われらの完全勝利だ！」

「「「おおー!!」」」

第七章　王家のパーティー

「お帰りなさい！　兄上！　姉上！」

「待っていましたわ！」

「ああ、ただいま」

「遅くなってごめんなさい」

スエールでの仕事を終え、私たちは王都へ帰還した。

王城に戻ると真っ先にライ君とレナちゃんが出迎えてくれた。

駆け寄ってくる姿は可愛らしくて、私たちの帰りを今か今かと心待ちにしてくれていたことが伝わってくる。

「兄上！　スエールはどうだったの？」

「うーん、そうだな。フィリスが大活躍していたぞ」

「お姉様が？　なになに？　なにをしたんですか？」

「それは本人の口から聞くといい」

双子の視線が私にぐっと集まる。期待に満ちた表情だ。

「で、殿下……」

「いいじゃないか。お前が教えてやれ」

スエールでのことを自分で話すのは恥ずかしい。

戦闘が終わった後、騎士の皆さんから多大な感謝をされた。英雄だとか、勝利の女神だとか。壮大《そうだい》な褒め方もされて、いろんな意味で疲れて帰ってきた。

殿下だって私がどんな気持ちか知っているくせに……。

意地悪ですね。

「ねぇ姉上何したの？」

「教えてほしいです！」

「え、えぇ……」

こうも無邪気に詰め寄られると断れない。

殿下もだけど、二人もずるい。

◇◇◇

「レイン、フィリス、此度はご苦労であった」

「ありがとうございます。父上」

スエールでの戦いについて陛下へ報告する。私と殿下は二人で陛下に頭を下げた。

「うむ。特にフィリス、君の活躍は騎士団長からも報告を受けている。付与術の力で騎士たちを守護し、最後には自らが戦場に立って支援したそうだな」

「は、はい！」

「まことに勇ましい。騎士も国民も、君には深く感謝していた。よくやってくれた」

「ありがとうございます」

陛下から褒められるなんて機会、これが最初で最後かもしれない。

そう思えるほど嬉しかった。

「しかし、だ」

殿下は真剣な趣で続ける。

「王族が自ら危険を冒すことは、あまりよいことではない。レイン、お前にも言っているはずだ」

「わかっています。ですが王族だからこそ、彼らに守られているだけではダメなのです」

「それはそうだが、万が一ということもあろう」

「そこまでにしなさい。あなた」

途中で口を挟んだのは王妃様だった。

「ごめんなさいね。この人は心配なのよ。万が一にも二人に何かあったらって」

「そうだぞ！　もしものことがあれば孫が見られないではないか！」

「え……」

そんな理由？

しかも孫って。

「父上、一応ここは玉座の間ですよ」

「安心しろ。ワシら以外には誰もいない。さっき王としての報告は聞いた。今は一人の父として話をだな」

「はい、そこまで。熱くならないでください。大体若い頃のあなたも無茶をしていたでしょう？　私が何度注意しても変わらなかったのに、子供にだけ言うんですか？」

「うっ……む、昔の話はやめてくれ」

相変わらず陛下は王妃様に弱いらしい。それに陛下も若い頃は無茶をしていたのか。

そういうところは親子なのかな？

殿下も危険な場所へ行くことに躊躇がないし、一人で隣国に嫁探しをしに来たり、行動力がずば抜けている。

「フィリスさん、民を守ってくれたことはありがたい。だがくれぐれも、無茶はしないでくれ」

「はい」

こういう優しさも、遺伝なのかな？

◇◇◇

スエールでの防衛線は、国民の間でも度々語られるようになった。

国を守護する騎士団の強さを象徴し、いかなる脅威からも国を、民を守ってくれるという安心感につながる事象。

その場に王族がいたという事実も、国民が王家を支持する要因となる。

特に今年は、今までとは異なる戦果を得た。

「スエールではレイン殿下の奥方が戦場に立たれたそうだぞ？」

「あれ、本当なの？」

「ああ、うちの息子は騎士でスエールにも出ていた。直接聞いたから間違いないぞ」

「すごいお方ね。さすがレイン殿下のお相手だわ」

レイン殿下の妻、フィリス・イストニアがスエールを守護した。

スエールから帰還した騎士たちの間で語られた話は、瞬く間に王都中に広まった。

「フィリス様は付与術を使われるそうだな」

「お隣の国でも宮廷で働いていたそうね」

「地位だけじゃない。国を統べるに相応しいお力と、自らが戦場に立つ胆力も持ち合わせておられるとは。レイン殿下とお似合いな方ですな」

「ええ、この国の未来も安泰だわ」

元々レインを含む王家の人気は高い。彼らは王族でありながら、国民との距離が近い。

貴族らしくない振る舞いも、親しみやすい性格と相まって、圧倒的な支持を得ている。

さらにスエールでの一件。これにより、フィリスが国民の支持を得ることになった。

国を統べる者を、国民が信じている。素晴らしいことではあるが、当然快く思わない者もいる。

国とは大きな組織だ。反対意見や対立があってしかるべきだが。

「レイン殿下の奥方が国民の支持を得ているようですね」

「これはよろしくないのではないか？」

「いえ、逆に考えてください。彼女を味方につけることができれば、王家の支持をそのまま得られるかもしれません」

「それもそうか。彼女は確か隣国の出身だったな。ならば詳しい者がいる」

イストニア国に属する貴族の中で、その権力を奪おうとする派閥。

彼らが望むのは、絶対的な王政。地位と権力こそがすべての、極めて窮屈《きゅうくつ》な未来。

「近々開かれるパーティーが楽しみですね」

彼らの願いはただ一つ。

王家の失墜である。

◇◇◇

「お姉様の評判が広まっていますよ！」

「うっ……そうみたいだね」

「嬉しくないの？　姉上が褒められてるんだよ！」

「嬉しいのは嬉しいんだけど……」

ここ最近よく聞こえてくる。

勝利の女神、人々を救った英雄、天才付与術師。様々な賞賛の声が、ここ王城まで。

スエールでの戦いから二週間ほど経過した今でも、私の名前が王都で広まっているらしい。

周りのみんなはいいことだって言うけれど、私からしたら恥ずかしくて仕方がない。

「戦場に出たっていうけど、ちゃんと出たのは最後の一回だけで、他は壁の上で見ていただけなんだよ？」

「その時に戦った騎士たちは、お前の付与術のおかげで思いっきり戦えたと言っていたぞ」

「兄上！」

「お兄様！」

私の部屋に殿下が入ってきた。

双子がすぐに飛び出して、殿下の足元でぐるぐると回る。

「遊びに来てくれたの？」

「お兄様も一緒に遊びましょう！」

「悪いな。フィリスに話があって来ただけなんだ」

「「えぇ～」」

残念そうな声を揃《そろ》ってあげる二人。また今度遊ぶからと頭をぽんぽんと叩く殿下。軽い足取りで私の元へやってくる。

「どうなさったんですか？」

「今度開かれるパーティーについて話しておこうと思ったんだよ」

そう言いながら私の隣に腰を下ろす。

「パーティー？」

「四日後、王城のホールで貴族たちを集めたパーティーがある。そこに俺たち王族も参加することになっている。ライとレナは今回不参加だがな」

「僕あのパーティー嫌い」

「全然楽しくないですもの」

二人からは意外な反応が飛び出す。

いつもなら、自分たちも参加したいと駄々をこねるところなのに。

「どんなパーティーなんですか？」

「特別何かするわけじゃないぞ。国中から貴族が集まって、お互いの近況やらを報告したり、親睦を深める場所……ってことにはなってる」

意味深な言い回しだ。私は尋ねる。

「実際は違うんですか？」

「いや間違ってない。ただ、言い換えれば腹の探り合いだ。どこの国もそうだと思うが、貴族の間にも優劣があり、派閥が存在している」

「派閥……」

「ざっくり二つ、俺たち王族を支持する者たちと、そうでない者たちに分けられる」

レイン殿下は以前にこう語っていた。

この国は貴族制度こそあるが、貴族と平民との間に理不尽な差はない。

貴族である者には相応の責任があり、それに相応しい役割が与えられている。その分、地位や発言権はあるが、国民の意見をないがしろにすることはない。

民あってこその国だと、誰もがわかっているからだ。

レイン殿下の父、現国王も地位に関係なく成果を残した者が優遇され、怠惰な者が冷遇されることは当たり前だと考えている。

貴族、平民の地位に関係なく、自分たちを平等に評価する姿勢を見せる国王に、人々も固い信頼を向けている。ただし、それを快く思わない者たちもいる。

地位や名誉こそが至上。生まれた家、お金、権力で優劣がつく社会こそが正しいという思想を持つ者たち。

「貴族の中にもそういう考えの者たちがいる。別に間違った考え方じゃない。地位や爵位を大切にする考え方は、他の国でも当たり前にある。そこを否定する気はないが、この国にはこの国のやり方がある。他がそうだからと、合わせる必要もない」

「それが気に入らないんですね」

「ああ」

「多いんですか？　そういう方々は」

殿下は数秒待って、大きく息を吸ってから答える。

「多くはない。俺が知る限りごく少数だ。大半は俺たちを支持してくれているし、現体制にも不満は抱いていない。そもそも父上は、貴族たちの意見を無視したりはしない。それが正しいと判断したのなら受け入れる」

「だったら反感を抱くことなんてない気がしますけど」

「そう簡単じゃないんだよ。貴族は選ばれた地位の者だから、優遇されなければならない。正誤の判定も、誰が唱えたかで決めるべきだと」

「そんなの……」

「ああ、自分勝手だ。だが、元来貴族とはそういう立場の人間だ。この国が普通じゃないんだろ」

確かにその通りだ。私も貴族の家に生まれ、いろんな人と関わってきた。

誰もが地位、爵位、名誉を大切にしていた。

自分たちは平民とは違うと、平気で言う人だっていた。

言葉には出さなくても見下している。

私の身近にも……自分こそが正しくて、気に入らない者は悪だと勝手に決めつけている人がいた……。

悲しいことだけど、そういう考えが貴族らしいと思えてしまう。

「私は……この国の在り方のほうが好きです」

「そう言ってくれて嬉しいよ。俺も、今のこの国に満足している。国民も、俺たちも、誰もが活き活きと暮らせる世の中を維持したい。ただそれだけなんだ」

「殿下……」

「今度のパーティーはいろんな人間が参加する。初めて参加するお前は、彼らにとっても注目の的だ。確実に取り入ろうとする人間は現れる」

ごくりと息を飲む。

新たに王族の一員となった人間。しかも他国から嫁いできた私は、貴族の方々にとっても異質な存在だ。だからこそ、私がどういう人間か見定めようとする。

中には王族を快く思わない者もいて、そういう人間は不穏な質問をしてくるかもしれない。

「今から用心しておくんだ。パーティーではお互いの間に壁はない。俺も、常に傍にいられるとは限らない」

「は、はい……」

少し怖い。そのパーティーに参加することが。もしも殿下や、陛下たちを陥れようとする人に話しかけられたら……？

私はつつがなく、王子の妻を演じられるだろうか。

◇◇◇

イストニア王国に属する貴族の数は、全部で七十二。これは非常に少ない数字だ。

王国の規模を考えたら、この三倍は貴族の位を持つ家が存在しても不思議じゃない。しかし逆に言うならば、この程度の数さえいれば、国は回るということ。

一部の貴族が道楽におぼれ、本来の役割を忘れても国の未来にさほど影響がないのは、そもそもの数が多すぎるから。というのが、レイン殿下の考えらしい。

私はすさまじいなと思った。

貴族の人に聞かせたら、目を丸くして驚き、場合によっては激怒されそうだと。ただ、間違っている気もしなかった。

一人一人が正しく役割を果たしていれば、国も、組織も回る。

この国がそうであるように、世界中に存在する国々もそのはずだ。

「でも、それはこの国の貴族の方々がとても真面目で、優秀だということの裏返しなんじゃないですか？」

私がそう尋ねると、殿下は嬉しそうに笑った。

そうかもしれないな、と。

殿下は貴族の方々を信頼している。

共に国を治め、導くに相応しい人ばかりだと。だけど、一部でそうじゃない者たちがいることを嘆いている。

己の利を優先し、権力こそがすべてだと思っている者たち……極めて貴族らしい考え方の人間にとって、この国はさぞ居心地が悪いだろう。

私は今日、初めて対面することになる。いいことばかりだったこの国に潜む、別の顔に。

◇◇◇

「お姉様とってもきれいですわ！」

「ありがとう、レナちゃん」

パーティー用のドレスに着替えた私に、レナちゃんが嬉しいことを言ってくれた。

普段から王族の妻らしく振る舞うため、それなりの格好はしている。派手すぎず、動きやすいワンピースタイプのドレスが多い。

宮廷で働いていた頃は華やかな衣装を着る機会は少なかった。

かなり久しぶりな気分だ。こんなにも綺麗で華やかなドレスを着るのは。

「……」

「お姉様？」

「なんでもないわ。手伝ってくれてありがとう」

私はレナちゃんの頭を優しく撫でる。

本当は少し不安だ。殿下から聞いている話もあるし、上手くやれるかどうか。

それから……。

トントントン。扉をノックする音が聞こえる。

おそらく殿下だ。

「どうぞ」

「フィリス、準備はできたか？」

思った通り殿下だった。殿下もパーティー用の衣装に着替え終わっている。

普段接している時は薄く感じてしまう王族の雰囲気も、こうして服を変えるだけで際立つものだ。

殿下の隣にはライ君も一緒にいる。

「姉上綺麗！　ね、兄上！」

「ん？　ああ、確かに似合っているな」

「――あ、ありがとうございます」

よかった。不安の一つが解消された。

ちゃんと似合ってるって思ってもらえるんだね。

「その様子なら、準備は万端か」

「はい。いつでも行けます」

「よし。それじゃ行くぞ。パーティー会場へ」

気持ち的には、これから戦場へ向かうような感覚だ。ある意味間違っていない。王族の一員として、王子の妻として。

私はこれから戦いに赴《おもむ》く。

◇◇◇

王城のホールは広い。本来、披露宴や会見など、様々な用途で使われる。

本日はパーティー会場になった。テーブルが複数置かれ、すでに料理が並んでいる。

使用人たちも気合が入っている様子だ。

王都にいる貴族だけではく、国のあらゆる地方から貴族たちが集まってくる。

会場に人が流れ込む。一人一人気品に溢れ、まさに貴族のパーティーだ。

「皆！　忙しいところ集まってくれたことに感謝する」

ある程度の人数が揃ったところで、陛下から直接挨拶がされる。簡単な時節の話と、近況を報告して。

「では、思うままに楽しんでくれたまえ」

最後の一言が終わり、拍手が起こった。

殿下の話が終わる頃にはさらに人が増えて、会場に人が溢れる。

「俺たちも行くぞ」

「は、はい」

パーティーが始まる。それを見計らい、私たちも会場へと足を運んだ。

貴族たちの視線が一斉に集まる。

「お久しぶりです殿下」

「ああ、久しいな。前回のパーティー以来か」

「ええ、何分王都とは距離が離れております故、挨拶にも来れず申し訳ございません」

「気にすることはない。領地での評判は耳に入っている」

さっそく殿下の元に貴族が集まってきた。

殿下は平民にも人気だけど、貴族たちからも慕われているのか。

王族と貴族とは思えないほど気楽な雰囲気で会話をしている。するとその中から……。

「初めまして、フィリス妃殿下。お会いできて光栄でございます」

「はい。私もです」

私のところにも人が集まってくる。

当然誰一人知らない。次々に名前や領地の場所を教えてくれるけど、まったく覚えられる気がしない。付与術に関することならすぐ覚えられるのに。本音を言うと、あまり話しかけないでほしかった。

「フィリス様」

「モーゲン大臣」

ようやく知っている顔を見つけた。

そうだった。彼も王国に属する貴族の一人だから、このパーティーに参加している。大臣という地位もあって、私の周りに集まっていた人が道を開ける。

「フィリス様はこのパーティーが初めてでしたか。さぞ緊張なされているでしょう」

「はい。少し」

「殿下もお忙しいでしょう。何かあれば私におっしゃってください」

「ありがとうございます」

心強い声を聞いて安心した。殿下は今も貴族たちに囲まれて大変そうだ。

知らぬ間に距離も離れてしまっている。モーゲン大臣が去った後、殿下の元へ近づこうとした。

そんな私に声がかかる。

「あなた様がフィリス妃殿下ですか」

赤い瞳に赤褐色の髪。胸に刺繍された家紋は、殿下から聞いていたものと一致する。

「はい」

「初めまして。私はシュフィーゲルと申します。以後お見知りおきを」

シュフィーゲル・アイゼン。王族と意見を異とする貴族たちの一人。

イストニア王国には七十二の貴族家がある。そのほとんどが王家の政策を支持しており、統率も取れている。だけど五つの貴族家だけは違う。

彼らは明確に、王家やその他の貴族たちとは異なるスタンスを示していた。

アイゼン公爵家の現当主。若くして当主の座に就き、様々な功績を上げた天才。王家に反する者たちをまとめているとされる人物。

予想はしていたけど、いきなり接触しに来たみたいだ。

私は警戒する。ただし、驚いたりたじろいだり、動揺する様は見せてはいけない。

私は殿下の妻なのだから。

「こちらこそよろしくお願いします。アイゼン公爵」

「私のことはシュフィーゲルとお呼びください。お会いできて光栄です。レイン殿下の妻となられたお方……一度お話ししてみたいと思っておりました」

ニコニコと気さくに、優しそうな表情で語りかけてくる。

見た目はとてもいい人そうだ。いや、もしかしたらいい人ではあるのかもしれない。

王家の意向に反していることは、必ずしも悪というわけじゃないから。

少なくとも今は、私に対して敵意を見せたりしていない。今日は初めての顔合わせだし、挨拶程度で終わるかもしれないな。

と、考えていたところで気づく。

私は囲まれていた。見知らぬ男性たちによって。

どこにも通り抜けできないように、一定の間隔を保って彼らは立っている。

「ああ、彼らは私の友人たちです。彼らもフィリス妃殿下とお会いできる日を楽しみにしていたのですよ」

「そうなのですね」

なるほど、彼らがシュフィーゲルと意見を同じくする者たち。

私を逃がさないため？

他の貴族たちと話す隙を与えないようにしているのか。やっぱり油断ならない。私は気を引き締める。

「緊張なされているようですね」

「――――！　ええ、お恥ずかしながらこういう場には慣れておりませんので」

「それも仕方ありません。聞けば妃殿下は元々隣国の出身だとか。宮廷で働いていたという話も聞きましたが」

「はい」

出身くらいは誰でも知っている。私が宮廷で働いていたことも、貴族なら知っていて当然だ。

「いきなり他国の王子と結婚……さぞ勇気のいる決断だったでしょう」

「そんなことはありません。レイン殿下は素敵なお方ですから」

「よくできたお方だ。夫を立てることも考えていらっしゃる。加えて、稀代の天才付与術師でもあるとか」

シュフィーゲルの笑み、その瞳に力がこもる。

何かが始まる。そんな予感がした。

「スエールでは自ら戦場に立ち、兵士たちを鼓舞したとか。中々できることではありません」

「ありがとうございます」

「妃殿下は素晴らしい才能をお持ちのようだ。そんな方だからこそ、殿下も妻にしたのでしょう。国にとって有益な力を持っている……」

「……」

何を言いたいのかなんとなく察する。彼は遠回しに、殿下が見ているのは私の力だけだと言いたいのだろう。

わかりやすく話題を誘導する。

「実のところ皆、殿下の結婚には疑問を抱いていたのです。長らく婚約を避けていた殿下が、唐突になぜ妻を娶ったのか。その理由が能力にあるとすれば、確かに納得できます」

「……」

「殿下は合理的なお方ですからね。気持ちよりも利を優先するでしょう。時に大胆な方法を取る時もある。妃殿下もさぞ大変な思いをされたのではありませんか？」

「……なんのことでしょう」

シュフィーゲルは周囲を警戒したのち、耳元でそっと囁く。

「私は心配なのです。殿下は妃殿下を利用するために妻にしたのではないかと。何か裏があるのではありませんか？」

「――!?」

そういう切り口でくるのか。

間違いない。彼の狙いは、私を自分の陣営に引き込むことだ。

「裏なんてありません。私は殿下をお慕いしております」

「今は周りに我々しかいません。本音を隠す必要はありません。仮に殿下に弱みを握られ、脅されているのだとしても、我々は驚きませんよ」

「……」

ニコリと微笑むシュフィーゲル。さわやかだが、その瞳の奥には黒い炎が見えるようだ。

大丈夫。この人は知らないはずだ。私たちの関係の根っこにあるものが何なのか。ただ、揺さぶっている。

私から弱音を引き出し、そこに付けこむために。

「そんなことはありません。殿下はお優しいお方ですので」

「……強いお方だ。ですが気づいているはずです。殿下は自身と国のためなら手段を選ばない。そういうしたたかな一面を持っておられる。妃殿下のことも、いずれ不要となればどうなるかわかりませんよ」

「……」

さっきから決めつける様に。この人は殿下の何を知っているのだろうか。

「シュフィーゲル様は、殿下と親しいのですか？」

「いえ、私はしがない一貴族にすぎません。殿下と親しいなどと……平民が貴族と親しくする行為に等しいですから」

「そうですか。でしたら心配はご無用です。私のほうが、殿下のことをよく知っているでしょう」

シュフィーゲルはピクリと眉を動かす。苦笑いに似た表情で。

「これはこれは面白いことをおっしゃる。まだこの国に来て一か月と少しだというのに」

「冗談ではありません」

なんだか苛立ってしまった。殿下のことを悪く言われたからだろうか。

ハッキリとした理由は出てこない。けど、これだけは言っておきたいと思った。

「私はレイン殿下の妻ですから」

「――そうでしたね。これは無粋な真似をしてしまった。どうかお許しください」

面食らったような顔をして、彼は頭を下げる。その後、私に挨拶をして去っていった。私を囲んでいた貴族たちも一緒に消える。

「……」

「何か聞かれたか？」

「殿下」

いつの間にか殿下が隣に立っていた。

「聞いていたのですか？」

「いや、話しているのはわかったが、内容まではわからなかった。だから聞いているんだが」

「大した話ではありませんでしたよ」

「そうか？　にしては最後、気迫を感じたが」

声が届かなくても、表情は見えていたようだ。

私はくすりと笑う。

「それこそ当たり前のことを伝えただけです。私は、殿下の妻です、と」

「――そうか」

ふと見上げる。殿下の横顔は、笑っているように見えた。

第八章　無自覚な想い

暗い部屋で明かりは蠟燭一つ。丸いテーブルを囲んで男たちが向かい合う。始まりはため息一つ。

「どうやら思っていた以上に心酔しているようだね」

「これはよくないのではないか？　彼女は民衆の信頼も獲得しつつある」

「このままでは王家の信頼はより一層強くなるだろうな。何か手を打たなくては」

焦る男たちの中で唯一、冷静に笑う者がいた。

彼らを束ね、導く者。シュフィーゲル・アイゼン公爵。

「そう悲観することもない。我々に与しないというなら、相応の手段を取るまでだ」

「何か考えがあるのか？」

「もちろんだとも。皆もよく考えてみてくれ。彼女は確かに優れた力を持っている。しかし所詮はこの国の人間じゃない。外から来たよそ者だ」

「それはそうだが、今は王家の一員だ。過去などあまり関係は……」

「そうでもない。彼女が優れた力を持っているからこそ、利用する価値がある。重要なのは事実ではなく、人々がどう受け取るか。そういうことでしょう？」

暗闇からもう一人、姿を見せる。それは本来、この国にいるはずのない人物。許可もなく、無断でいることが明るみになれば問題となるだろう。

「サレーリオ殿」

「ああ、まったくその通りですよ。アイゼン公爵」

二人は視線で繫がる。両者の間には、利害の一致があった。

◇◇◇

「……」

最近、聞こえてくる噂がある。

「聞きましたか？　殿下のお噂……」

「ええ、王都中で広まっているみたいね」

「本当なのかしら？」

「わからないわよ。けど、ずっと婚約を避けていた殿下が急に……なくはない話だと思ってしまうわね」

「だからって殿下がそんな」

「わかっているわ。私だって半信半疑よ。だから噂は広まるの」

王城内でもその噂が密かに囁かれていた。

レイン殿下は私を自らの道具とするために、隣国から攫ってきた。

という噂が。

「ありえませんわ！」

「そうだよ！　兄上がそんなひどいこと考えるわけない！」

噂は当然、ライ君とレナちゃんの耳にも届いている。当然のごとく二人は怒っていた。大好きなお兄さんを悪く言われたんだ。怒って当然だろう。私はというと……。

「殿下……」

殿下のことが心配だった。

最近また忙しそうにしていて、お茶会以外では会うことが減っている。

前回のお茶会から三日後。これからいつも通りに殿下とお茶会が開かれる。

「ねぇ姉上、兄上はそんなことしてないよね？」

「ええ」

「お兄様は大丈夫でしょうか？」

「きっと大丈夫。殿下は強いお方だから」

二人の質問に答える。

そうして自分自身にも言い聞かせている。

◇◇◇

「――噂など気にするな」

お茶会の時間になり、殿下と話をした。心配になって尋ねると、第一声がこれだった。

拍子抜けするほど呆気なく、堂々とした態度で言い放った。

「所詮は噂だ。大方、俺のことを気に入らない奴らが適当に流したものだろう」

「シュフィーゲル……でしょうか」

「どうだろうな。それには少々幼稚な手にも見えるが……あの男は計算高い。何かもっと、大きな企みでもあるのかもしれん」

そう言いながら紅茶を飲む。私が用意したお菓子にも、あまり手をつけていない。

口では気にするなと言いながら、殿下の心は揺さぶられているのかもしれない。

「用心すべきはこれからだ。噂は放っておいてもなくなるが、これが彼らの仕業だとして、この程度で終わるとは思えない」

「……何を、考えているのでしょうか」

「わからんな。普段は俺たちの政策に反対したり、資金援助をしなかったり、間接的な抵抗が多かった。だが今回は毛色が違うようにも見える」

殿下は悩んでいた。噂をバラまいた真意が別にあるかもしれないと。

私には難しくて考えも及ばない。

私に考えられることは一つだけだった。

「どうにかして、噂を早く消すことはできないのでしょうか」

「そんなに心配か？」

「……これでも殿下の妻ですから」

「ふっ、だが、完全なデマというわけでもない」

「――――！」

そうだ。忘れていた。

私たちの関係はあくまでも……。

「俺たちは普通の夫婦ではない。利用しているといえば……確かにその通りだ」

「……」

もしかすると、だから殿下も強く出られないのだろうか。私を妻にしたことに、少なからず罪悪感を抱いているから。

だとしても私は……。

「私は、殿下と結婚したことを後悔していません」

「フィリス？」

「どんな理由で、どんな経緯があろうと……この穏やかな時間があるのは、あの日殿下と出会い、殿下が私に手を差し伸べてくれたからです。あの日私は、自分の意志で妻になったんです」

この選択を間違いだと思ったことは一度もない。だって、幸福だから。この国での、新しい家族と過ごす時間は。

普通の夫婦とは違うかもしれない。それでもいいと、思っているくらいに幸福なんだ。

「……そうか」

殿下は笑う。安堵したように。

「なら、手っ取り早く示せばいい。今度、建国記念を祝した祭りが開かれる。そこで王族が街を回るパレードがあるんだ。そこに二人で出よう」

「お祭りですか。いいですね」

「この国一番の祭りだ。実はフィリスの力も借りたいと思っていたんだよ」

「私の？」

「ああ。お前の力で、祭りをもっと華やかにしてほしい」

◇◇◇

建国記念日を祝う祭りは、毎年開催されている。王都全域を巻き込んだこの国で一番大きな催しだ。王族、貴族、一般の住民が一つになって楽しみ、この国に生まれたことに感謝する。

私は初参加になる。

「いきなり重大任務をもらっちゃったなぁ」

私は一人、ぼそりと呟く。殿下から提案されたのは、私の付与術を使って祭りを盛り上げること。

具体的には、祭りで使う装飾品に付与術を施してほしいそうだ。

以前、私はライ君とレナちゃんと仲良くなるために、実用的な付与ではなく、魅せるための付与術を使った。その時のことを殿下は覚えていてくれたらしい。

お前の付与術なら、人々に驚きと感動を与えられるんじゃないか？

殿下はそう言ってくれた。ただ、頼りにしているという意味だけじゃない。

期待のこもった言葉をもらって、私は張り切っている。

「さぁ、さっそく始めよう」

自分に言い聞かせて作業に取りかかる。

作業用のスペースとして、騎士団が使っている倉庫と一室を借りた。

建国記念日まで三週間弱。時間的には十分に余裕があるし、焦る必要はない。それでもすぐに始めたのは、単にわくわくしていたからだ。

仕事ではない、魅せるための効果付与は楽しい。

「何の効果を付与しようかな」

祭りだし賑やかな明るいものがいいだろう。どうやったらみんなを楽しませることができるのか。考えるだけで気分が晴れやかになる。

数日が経過した。私は今日も祭りのための効果付与を準備している。

普段は武器や鎧など、物騒な物ばかり並ぶ騎士団の倉庫に、祭りのための飾りがずらっと並べられていた。

そこへ殿下がやってくる。

「忙しそうだな」

「殿下」

「少し様子を見に来た。どうだ？　順調か？」

「はい。今はどの付与効果を交ぜて使うか考えているところです」

今回は実用性より派手さを重視している。効果も建国記念日の間さえ保てればいい。

制限がないから、楽しませる幅は広く、いろいろなことが試せそうだ。

「楽しそうだな」

「楽しいです。誰かが戦うわけでも、傷つくわけでもない。楽しむためにできることですから」

「そうだな」

殿下は微笑ましげに笑う。

「楽しみにしてるぞ」

「はい。ご期待に添えるように頑張ります」

「ああ、だが無理はするな。お前は集中しすぎるとのめりこんで、自分が見えなくなることがある。休む時はちゃんと休むんだ」

「はい。そうします」

殿下は、また後で見に来ると言い残して去っていった。期待してくれる殿下のためにも頑張ろう。

もちろん、心配をかけないように。

この時の私は、殿下の忠告を聞いたつもりでいた。だけど気づいていなかった。

すでに夢中になっていたんだ。楽しくて、ついつい張りきってしまって。

私は忘れていた。

王都中で広まっている噂と、その元となる国の裏側を。

◇◇◇

建国記念日まで残り一週間となった。倉庫には祭りの装飾が綺麗に並べられている。

「よし、これで最後だ」

私の仕事は、今しがた終わった。

最後の効果付与を終えたところで見計らったように殿下がやってくる。

「フィリス」

「殿下、いらしていたんですね」

「ああ。終わったのか？」

「はい」

ちょうど殿下に報告へ向かおうと思っていたところだった。

殿下は装飾品に近づく。

「見た目じゃわからないな」

「付与効果の発揮《はっき》には魔力を使いますから。当日は魔導具と連動させて使うことになります」

「魔力か。流せば今でも見られるのか？」

「はい。一応……」

ふむふむと頷き、殿下は装飾品に触れる。

「じゃあ試してみるか」

「殿下、魔力を扱えるんですか？」

「まぁな。簡単な魔法くらいは使えるぞ。といっても護身程度だが」

「そうだったんですね」

知らなかった。殿下が魔法を使えたなんて。魔法使いは希少だし、使えるだけですごいことだ。

殿下にはまだ私が知らない隠れた才能が……。

と、感心している時だった。

違和感。付与術を施したのは私だ。その効果を間違えるはずもなく、物には効果を付与した本人の痕跡が残っているはずだ。

具体的には、付与術師の魔力が残る。


あれ？


けれど殿下が触れている装飾品からは私の魔力を感じない。

壁にかける照明？

あんな装飾あったっけ？

「殿下、そのそうしょ――」

「なん――」

違和感が危機感へと変わる。

私は直感した。その装飾品には別の付与術が施されていると。

「危ない！」

咄嗟《とっさ》に手を伸ばし、殿下を引っ張る。直後、装飾品が破裂した。

小さな爆発だ。装飾品が並んだ棚が焼け焦《こ》げて倒れる程度の。しかし生身の人間が至近距離で受ければ大怪我になる。

「ぐっ……」

「殿下……殿下！」

私と一緒に床に倒れこむ殿下が苦しそうな声を上げる。

額から血を流し、手には火傷をしている。

「一体何事だ！」

「騎士団長さん！　殿下が！」

「これは一体……すぐに救護班を呼びましょう」

「お、お願いします」

どうしよう。

私が気づくのが遅れたから殿下が……。

不安と後悔が胸いっぱいに広がる中、殿下は意識を失った。


「頭部外傷、左手の火傷……幸い命に別状はありませんが、しばらく安静が必要です」

「……そうですか。ありがとうございます」

お城のお医者様に見てもらって、殿下はベッドで横になっている。何が起こったのかはすでに広まった。

殿下が怪我をされたんだ。しかも私の仕事中に起こった事故。噂は一斉に広まる。

これは故意ではないか？　ついに隠していた本性を現したか。なんて、憶測も飛び交う。

私は騎士団長とモーゲン大臣に呼ばれて、騎士団の応接室に来た。

「フィリス様、事情をお聞かせいただけますか？」

「はい」

二人に事情を説明する。静かな時間だった。

私だけが話していて、誰も……ニコリともしない。

当然だ。笑っていられるような状況じゃない。同席している他の騎士や医者も、重たい空気を漂わせている。

「なるほど、ご事情は把握いたしました。しかしながら不可解な点も多い。どうされますか？　モーゲン大臣」

「うん……本来ならば陛下の意向を伺いたいが……今は外に出ておられる。フィリス様、あなたはしばらく自室にいていただけますか？」

疑われている。今回の一件に、私が絡んでいることを。

二人の視線が怖い。今まで見せたことのないような……厳しい視線を向けられている。

私は俯《うつむ》き、答える。

「……はい」

◇◇◇

「いけません！　ライオネス様、レナリー様！」

「なんで入っちゃいけないの？」

「お姉様は何も悪くないですわ！」

「なりません。せめて陛下がお戻りになられるまでは」

外でがやがやと騒ぎ声が聞こえる。ライ君とレナちゃんの声だ。

私のことを心配してくれているらしい。

優しい子たちだ。二人とも、私のせいだとは思っていないみたい。

少しホッとする。

そう、私じゃない。あの時に殿下が触れたものは、明らかに私以外の誰かが用意したものだった。

気づかないうちに、誰かが爆発系の付与を施した？

いつの間にか紛れ込ませて。最初から殿下を狙っていたのだろうか。

それとも本来は私を……だとしたら、殿下は私の代わりに傷ついてしまった。

「……私は……」

なんてことを。私が先に確認していれば、こんなことにはならなかった。

傷つくなら私であればよかったのに。

悶々《もんもん》と後悔が募る。


時間が経過し、外が暗くなる。夕食の時間になっても、私は部屋の中にいた。夕食はいらないと伝えた。とても喉を通るような心境じゃない。

私が気がつくのが遅かったせいで、殿下を傷つけてしまったんだ。

「――！」

「――か？　どう――ません！」

「……何？」

外で騒ぐ声が聞こえる。

誰かがもめている？

またライ君とレナちゃんだろうか？

でもこの声は……。

「いいから退け。ここは、俺の妻の部屋だ」

「――殿下？」

ベッドでうずくまっていた私は飛び起きて、扉へ走った。

その時、扉が勢いよく開く。

「真っ暗じゃないか」

「で、殿下！」

「フィリス。せめて明かりくらいつけろ」

「ど、どうして……お怪我《けが》は！」

慌てる私に殿下はため息をこぼす。ゆっくりと歩き、部屋の明かりを灯した。左手と頭には包帯が巻かれている。

「この程度はなんてことはない。医者も命に別状はないと言っていただろう？」

「で、ですが安静にしていないと」

「するさ。ここでな」

「え……」

殿下は私のベッドで横になる。呆気にとられた私は、ポカーンとした顔でそれを見ていた。

殿下と視線が合う。

「お前も隣に来い。話をしよう」

「は、はい」

私は言われるがまま、殿下の隣で横になる。顔を近づけ、二人にしか聞こえない声で話し出す。

「で、殿下……？」

「気にするな」

「え」

「爆発のことだ。あれはお前のせいじゃない。お前があんなミスをするとは思えない。何者かがお前を、俺を陥れるために仕かけた罠《わな》だ」

殿下は冷静に状況を分析していた。

怪我をして、目覚めたばかりだというのに。

「どうなんだ？　あれはお前の付与術か？」

「ち、違います。私じゃありません。いつの間にか紛れ込んでいたらしくて……」

「やっぱりな。大方、アイゼン一派の仕業だろ。噂は前菜でこっちがメインか。俺とお前を対立させるのが狙いかもしれないな」

「……すみませんでした」

私は消え入りそうな声で謝罪する。

殿下の顔が見られない。

「私がしっかり確認していれば」

「……その時はお前が怪我をしていただろうな。まさか、そのほうがよかったと思っているんじゃないだろうな？」

「殿下が怪我をするよりは」

「こっちを見ろ！」

「ふえ？」

頬《ほほ》を挟まれ、下を向いていた私は無理やり顔を正面に向けられる。

殿下の顔がすぐ近くにある。互いの息遣いすらわかる距離だ。

ふいにドキッとする。

「俺はお前を疑っていない。怒ってもいない」

「殿下……」

「そもそもこれは、俺が王子だから起こる問題だ。むしろお前は巻き込まれた被害者なんだ。責任を感じる必要はない」

「で、でも……」

「他の奴らだって同じだ。お前を疑っているわけじゃない。モーゲン大臣や騎士団長、彼らにも立場がある。そして周囲の目があった。だから相応の対応をせざるを得なかっただけで、本心はお前を心配している。さっき目覚めた時、二人に会って話したからな」

殿下は優しい声色で教えてくれた。二人が私のことを責めたりしていないことを。

私のことを信じてくれていると。それを知って、心が震えて。

「ぅ……」

涙がこぼれた。

「泣くな。まだ終わってない。祭りはこれからだぞ？」

「え……でも殿下は」

「怪我のことなら心配するな。一週間もあれば治る。それまでに万全を期す。協力してくれるか？」

「……はい」

私は涙を拭い決意する。今後は油断しない。殿下と、私を信じてくれる人のためにも。

◇◇◇

時間は流れ、建国記念日の前日。祭りの準備の最終段階に入り、王都の街に装飾品を移動させ飾りつけをする。

王都の住民にも協力してもらうことになっていた。

狙うならここだ。

倉庫に一人の男が入り込む。背中には袋を背負い、手にも何かを持ち歩いている。

「……よし」

「何がよしなんだ？」

「なっ――」

「今だ！　取り押さえろ！」

騎士団長の声に続き、騎士三人が飛び出した。慌てた侵入者は何もないところで躓く。

そこにのしかかるようにして、騎士たちが男を拘束した。

「く、くそっ！　どうしてここに……！」

「馬鹿かお前は？　あれだけのことをしたんだ。次に狙うなら記念日当日しかない。チャンスがあるとすれば前日だろう。少し考えれば誰でもわかる」

「は、離せ！　お、俺は雇われただけだ！」

「そうかそうか。だったら誰に雇われた？　知っている情報を全て吐け。さもなくば……」

レインは騎士団長に目配せをする。騎士団長は頷き、腰の剣に触れる。かすかな殺気で、男は震えあがる。

「わ、わかりました！　話しますから！」

「素直でよろしい。じゃあ教えてもらおうか」

◇◇◇

「……え、ほ、本当なんですか？」

「ああ、間違いでこの名は出ない。ましてや隣国の……お前もよく知る貴族の名前だ」

建国記念日前日の夜。私は殿下から報告を受けた。

捕らえた男から聞いた情報によれば、指示したのはシュフィーゲルたちだという。

そこは予想通りだった。だけど予想外の事実がわかった。彼らの協力者に、私がよく知る人物がいた。

「サレーリオ様が……」

「爆発物と術師を提供したのはサレーリオという貴族だった。適当や思いつきで出る名前じゃない。形はどうあれ、関わっていることは事実だな」

「そんな……」

「大胆なことをしてくれる。これが奴個人の行動か、それとも王国が絡んでいるのかはわからない。だが目的は明らかだ。奴らはこの国を乗っ取ろうとしている」

サレーリオ様がそんなことを？

事実なら、最悪戦争に発展しかねないことだ。

私は震える。自分の知人が、大きな争いの火種を作ろうとしている事実に。

「どうすれば……」

「……今は何もできない。事実だとしても、確固たる証拠がないからな」

「でも、捕まえた人の証言なら」

「あんなの知らぬ存ぜぬで通される。裏を取るまでは下手に動けない。先に父上とも話してそう結論づけた」

今は何もできない。下手に動けば、国中で大きな混乱が起こる。

この平和で穏やかな国が戦場になるかもしれない。それを避けるためにも、慎重に事を進める必要があった。

「現時点でできることは一つ。予定通りに記念日を過ごすことだ」

「き、危険なんじゃないですか？　パレードは大勢の人の前に出ます。殿下や陛下たちが狙われるんじゃ」

「それはない。爆発も小規模だった。本気で俺たちを殺す気なら、もっとド派手に爆発させることもできたはずだ」

だから当日は何もしてこない。というのが殿下の予測だった。だとしても不安だ。

また、殿下を危険な目に遭わせるかもしれない。

「心配するな。当日は万全を期す。俺たちの役目は変わらない。見せつけるんだよ。俺たちが仲睦まじい夫婦だってことを」

「……」

「俺も後悔はしていない」

「え？」

唐突に、彼は語り出す。いつになく真剣な表情で。

「前に言っただろ？　お前は、俺と結婚したことを後悔していないって。今でもしていないか？」

「……はい」

「俺もだ。俺も、お前と結婚したことを後悔したことはない」

彼は力強く、私の手を握ってきた。

「確かに利害のためだった。都合がよかったからお前を選んだ」

「……」

「けど、王城で共に時間を過ごしていくうちに気づいたんだ。いつの間にか、俺の見る景色にお前がいることが当たり前になっていたことを」

私の手を握る力が、わずかに強くなる。ほんの少し、震えているように感じた。

「愛とか恋とか、そういうのとは無縁だった俺には明確な答えが出せない。ただ思うんだ。この光景に、お前以外の誰かがいることは……もう考えられない」

「殿……下……」

「今は、お前が妻でよかったと心から思っている」

その言葉が、私の心を温める。

苦しかった。悲しかった。辛いことばかり考えていた。そんな私の心を、彼のたった一言の思いが救ってくれた。

「私も……殿下が……」

気づけば大粒の涙がこぼれ落ちる。ずっとほしかった。家族を失って、一人になってから。私が追い求めていたのは、心を許し、委ねることができる人だった。

それは今、私の前にいてくれる。

「なぁフィリス、明日のパレードで――」

◇◇◇

パレード当日。街中を鮮やかな装飾が彩る。ただの装飾ではない。特別な付与によって七色に光を変化させ、自由に空を舞う。

どこもかしこも賑やかだ。

王都の街を、王族を乗せた馬車が走る。

天井のない大きな馬車に乗って、私たちは手を振る。

「陛下ー！」

「王妃様は今日も美しい！」

「ライオネス王子！　レナリー姫！　あんなに大きくなって」

国民はみんな、彼らが大好きだった。

そして彼のことも。

「殿下ー！」

「大人気ですね」

「ふっ、人に好かれないで王族は名乗れない。全員には難しいけどな」

「そうですね」

私と殿下は隣に座り、手を握っている。

それだけじゃ伝わらない。

「フィリス妃殿下よ。あの噂って……」

「しっ！　聞こえるわ」

私たちの関係を訝《いぶか》しむ声は今もある。だからこそ、示そう。

「フィリス」

「はい」

公の場で、これはあまり褒められた行為ではないだろう。他の国なら絶対にできない。私たちは向き合う。殿下の手が、私の頬に触れる。

「フィリス、お前は誰の妻だ?」

「レイン殿下です。この先もずっと」

「ああ、そうしてくれ」

唇を合わせる。抱き合うより、触れ合う面積はずっと少ない。

それなのに、心が通じ合う。不思議で、素敵なつながりだ。

私たちは偽りの夫婦。互いの利益のために手を取った関係。だけど、お互いに気づかないうちに、
知らないうちに……。

私たちは惹かれ合っていたのかもしれない。


そんな無自覚な王子と奥さんの物語は、これからも続いていく。

第九章　王国の守護者

パレードは無事に終了した。

大きな事件もなく、誰かが傷つくこともなく、華やかで賑やかな時間が過ぎた。私が効果付与した装飾品も問題なく機能していた。

直接声を聞いたわけじゃないけれど、集まった人たちも楽しんでくれたと思っている。

ホッとする気持ちとは別に、消えない不安が確かにあった。

「殿下、これからどうすればいいのでしょうか」

お茶会の時間に、私は殿下に不安を伝えた。

日々の激務から解放されて、夫婦でのんびり過ごす時間には適さない話題だとは思う。けれど、考えずにはいられない。

パレードまでに起こった悲劇と、その原因に関わる人たちのこと……。

特に、聞きたくなかった人物の名前が聞こえてしまったのだから。

殿下は紅茶の入ったカップを片手に、小さく長く息を吐いてから答える。

「今のところは大きく動けないな」

そう言い、紅茶を一口飲む。

大きくは動けない。それはつまり、私たちから問い質したりはしないということだろう。

私は疑問を述べる。

「どうしてですか？　証拠ならもう」

「いや、不十分だ」

殿下は首を横に振り、カップをテーブルの上に置く。

腕を胸の前で組んで、眉間にしわを寄せながら私の質問に答える。

「捕らえた男の素性を調べた。生まれも育ちもこの国だということはわかったが、今日まで特に何かしていたわけでもない。おそらく今回の任務をさせるために、適当に選んで連れてきたんだろう」

殿下は難しい表情で続ける。

指示したのはシュフィーゲルたちで、サレーリオ様が爆発物と術者を提供したと、捕えた男性は自白している。

捕まえた男性は魔導具師や、私のような付与術師でもない一般人だった。けれど男から回収した道具は魔導具で間違いない。

その男曰《いわ》く、フードで顔を隠した人物から道具一式を支給されたらしい。

つまり、魔導具の作成者は別にいて、男はただの作戦実行係に過ぎなかったということ。

「そこまでわかっているなら、証拠としては十分じゃありませんか？」

「ここまでしかわからなかったんだ。彼らとのつながりを証明しているのは、男の口から出た言葉だけなんだよ。物的証拠がない」

「回収した魔導具は？」

「あれも確定的な証拠にはならないな。魔導具から作成者を割り出す方法でもあれば別だが……現状は難しい。言えるとしても、貴族の誰かが糸を引いている……という程度だろう。貴族の地位と権力は、そのまま信用の大きさでもあるんだ」

貴族の地位は、自身の身分を証明するものであり、有事の際には盾となる。

仮に問題を起こしたのが平民だった場合、疑わしければ厳しく処罰されることもある。しかし、貴族は簡単には罰せられない。

貴族という肩書は、王国にとって有益な存在であることを意味している。責任ある立場故に、愚《おろ》かしい行いなどするはずがないという前提がある。

仮に罪を問い質《ただ》した時、事実無根の冤罪《えんざい》だったら？

国のために尽くす者たちを疑い、罰しようとした事実だけが残ってしまう。その結果は、他の貴族たちに疑念を抱かせるだろう。

これほど尽くしても、国王たちは信じてくれないのか。

一度入ってしまった亀裂は、度々起こるすれ違いによってさらに大きく、深くなる。王族は国の象徴であり、国を動かす最高の存在だ。

それでも、彼らだけで王国の人々を守ることはできない。貴族たちの存在は、王族を支え、王国を支えている。

「だから身元もハッキリしない男の主張だけで、罪を指摘することはできない。特に今回の場合は、他国の貴族の名前すら出ている。問題はよりデリケートだ」

「……」

そこは私も驚いているし、信じられなかった。

今回の事件の裏に、私の元婚約者であるサレーリオ様が関わっているなんて……。

ただ、納得はできてしまう。彼は以前、王国を出た私を連れ戻すために、わざわざこの国まで足を運んでいる。

結果的には殿下の後押しもあって、私は戻るつもりはないと突っぱねることができた。

私が宮廷からいなくなり、担当していた分の仕事が後任に押しつけられ、業務が上手く回っていないのではないだろうか。

理由はどうあれ、サレーリオ様は私を連れ戻そうとしていた。

なら今回の事件も、私を王国に連れ戻すことと関係している。私に大きな失敗をさせ、殿下や周囲の人々の信用をなくさせる。

孤立した私は居場所を失い、この国からも追い出されれば路頭に迷うことになる。そうなった私にとって、サレーリオ様からの提案は深い穴に垂らされた一本の糸だ。

それ以外に選択肢がないから、摑むしかない。

そういう状況に私を追いこむことも目的の一つだったのではないかと、私は考えている。

もしくは単純に、私に対する嫌がらせだけど、あの人がそんな感情に任せた行動に出るとは思えない。

少なからず婚約者として一緒にいたから、彼がどういう性格の人間かはわかっている。

あの人は計算高い人だ。常にいくつものことを考えている。

今の状態で彼らに、お前たちこそが犯人だと言っても、反論を黙らせるだけの証拠がない。

「指摘するには、もっと明確な証拠が必要なんですね」

「そういうことだ。男がこっちに捕まり、情報を漏らしたことも向こうは把握しているだろう。警戒はしているだろうから、しばらくは動かないと思うが……注意はしておけよ」

「はい。殿下も」

「俺は大丈夫だ。こういうことも……初めてじゃないからな」

殿下は呆れたような笑顔を見せる。

シュフィーゲルたち五つの貴族は、王家の意向に反対し続けている。この対立も、今に始まったことじゃない。

私がこの国へやってくるずっと前から、水面下で続いていたのだろう。

「しばらく大きな行事もない。普段と違う何かを感じたら、すぐに報告してくれ。何かあってからじゃ遅いからな」

「はい。そうします」

殿下にこれ以上迷惑をかけたくはない。

私のほうでも、可能な限り注意して、何か起こった時のために準備をしておこう。幸いにも私には付与術がある。

「そういえば、パレードの反響はあったみたいだな」

「え？」

「あの噂、もう聞かなくなったぞ」

殿下が私のことを利用するため隣国から攫って妻にした。という噂が、シュフィーゲルたちによって王都にバラまかれてしまった。

もちろんそんな事実はなく、殿下の人望と権威を弱らせるためにただ広めたただの噂に過ぎない。

しかし噂は一気に広まって、人々の不安が王城にまで伝わってきた。だから私たちは、そうでないことをパレードで証明する必要があった。

私たちがちゃんとした夫婦であること……愛し合っていることを伝えるために。

「……」

私は自分の唇に軽く触れる。

キスをした。結婚式の時にもしたけど、あの時とはまた違って意味がある。大勢の人々の前で、見せびらかすようにしたんだ。

今さらながら恥ずかしい。けど、恥ずかしい分、ちゃんと効果はあったみたいだ。

「今じゃ別の噂が立ってるみたいだな」

「そうですね」

私と殿下は、愛し合っていることを見せびらかすくらいラブラブな関係だった。という噂が代わりに広まっている。

噂はより確かで強い噂に塗り替えられるものだけど、まさかこうも簡単に広まってしまうとは思わなかった。

王族としては不適切な行為ではあったから、後で陛下や王妃様には少し叱られたけど。二人とも事情や意図は知っているから、そこまで怒ったりはしなかった。

むしろ、陛下は少し面白がっていたようにも見えた。

からかおうとした陛下を、王妃様がたしなめる姿を思い出す。

ライ君とレナちゃんにも、私たちがキスをしたことは見られていて、最近会う度に聞かれるのが……。

「次はいつですか？　って聞かれるようになりました」

「ははっ、あの二人も面白がっているな」

「もう二度と人前でしたくありません。恥ずかしいので」

「そうか？　まぁ恥ずかしくはあるが、だったら……」

殿下はおもむろに椅子《いす》からお尻を離して、向かい合っている私に身体を近づける。右手が私の頬に優しく触れる。

「今は二人きりだし、してもいいな」

「え……」

殿下の顔が近くなる。

まさかここで、キスをするつもりなのだろうか？

驚きはしたけど、嫌な気分じゃない。ここは二人だけのお茶会の場で、私たち以外には誰もいない。

今はとにかく夫婦の時間だ。

今ならキスをしても……。

と、思ったところで殿下は頬から手を放す。

「ははっ、冗談だよ」

「――殿下……」

「なんだ？　ガッカリしたか？」

「別にガッカリはしていません。私たちは偽装夫婦ですから」

本当は少しガッカリしているけど、私は意地を張っていた。

そんな私を見て笑い、殿下は席を立つ。

「そろそろ時間だ。俺は業務に戻るよ」

「はい。私も部屋に戻ります。ライ君とレナちゃんが待っているので」

私も少し遅れて立ち上がった。

殿下と二人だけで過ごす時間も、気づけばすぐに終わってしまう。明日もあるし、同じ王城にいるからすぐに会えるけど、やっぱり少し名残惜しい。

「フィリス」

「はい？」

俯いていた私に殿下が呼びかける。

すると殿下の顔がすぐ目の前にあって、彼の手が頬に触れる。

気づけば殿下の唇が、私の唇に軽く触れていた。

ほんのわずかな、触れ合うだけのキスをして、殿下は私から顔を離す。呆気にとられている私に、殿下はいたずらな笑みを浮かべて言う。

「夫婦ではあるからな。これくらいは普通だろ？」

「……ずるいですよ」

こんな不意打ち……驚きとドキドキが交じり合って、心臓の鼓動がうるさくなる。

「じゃあまたな」

「はい」

そう言って、殿下は去っていく。

彼の背中を見つめながら思う。私たちは互いの利益のために結婚した。普通とは違った偽装結婚、偽りの夫婦……。

だけど、今はそれだけじゃない。

私も殿下も、他の誰かが隣にいるなんて考えられない。この先もずっと、お互いが隣にいることを信じている。

◇◇◇

パレードの成功に喜ぶ裏側で、真逆の感情を抱く者たちの姿があった。

王都内の古びた屋敷で、薄暗い部屋に明かりもつけずに集まる男たちの姿がある。

「どうするのだ？」

「どうするもない。計画は失敗してしまった。しばらくは大人しく……」

「それでは向こうの思うツボではないか！　ここまで攻めたのだ！　もう一歩、仕かけるべきではないのか？」

「危険すぎる。ただでさえ今回の一件で我々への警戒は強まったはずだ！」

彼らは王家と敵対する五つの貴族の、その当主たちである。

パレードでの一件は、すべて彼らが計画したこと。王子の妻フィリスを爆発の犯人にすることで、二人の関係に亀裂を入れ、いずれ王家の信用低下につなげるつもりであった。

しかし計画は失敗に終わり、彼らは窮地に立たされている。

焦る男たちの中で、未だ冷静さを保っている者もいた。

「サレーリオ殿、君はどう思う？」

「そうですね。確かにいささかよくない状況ではありますす」

貴族たちを束ねるシュフィーゲルと、他国から協力しているサレーリオ。二人の表情に焦りはなく、不敵な笑みすら浮かべている。

サレーリオは落ち着いた様子で語り出す。

「私は、早急に次の手を打つほうが得策だと思いますね」

「その理由は？」

「簡単です。あちらもすでに、我々の情報をいくつか所持している。動きづらいと考えている。だからこそ今、わずかに警戒が緩む」

「なるほど。そこを突くか」

シュフィーゲルはニヤリと笑みを浮かべる。

ずる賢い彼らはこう考える。

どうせ自分たちが疑われることは避けられない。ならば逆に、大きく一手進めてしまえばいい。

幸いなことに、どちらも立場がある。他国も絡んでくるとなれば、王子たちも下手にこちらを刺激できないはずだ。

此度の失敗で、彼らの動きは制限される……はずだった。だが逆に、失敗したことで大胆な計画を進められるようになる。

「サレーリオ殿、降りるなら今だが？」

「何をおっしゃるか。ここで退くなどありはしませんよ。我々の利害は一致している」

「なら任せてもいいかな？」

「もちろん。計画に必要な物の手配はこちらが。使い勝手のいい魔導具師がいる」

この二人は打算でつながっている。

シュフィーゲルは王族打倒のため、利用できるものなら何でも利用する覚悟がある。片やサレーリオも、見ているのは己の利益、権力の増強。

そのために必要なコマを揃えるためなら、多少の危ない橋も平気で渡ろうとする。

目指す先は異なれど、この二人の本質は同じものだった。


己が益のために。

彼らは手を組み、これからまた一つ、罪を犯すことになる。

◇◇◇

王城に住む者たちの食事は、専属のシェフが作っている。

王城とはその名の通り、王族が住まう城である。ここで作られた食事が王の口に入る。ならば適当な仕事はできない。

料理長を務めるシェフは、王城のキッチンに入りすでに二十年を超えるベテランだった。現国王と王妃の好みはもちろん、王子や王女たちの好き嫌いも完全に把握している。

特に子供は好き嫌いが多い。食べられない野菜があったり、見た目が嫌だというきのこ類、独特な風味のある食材などなど。

そういう苦手な食べ物ほど、栄養価が高くて成長に必要な要素が詰まっていたりする。だからシェフたちは試行錯誤する。

少しでも苦手意識がなくなってくれるように。

キッチンは、彼らにとっての聖域である。

王城の中にある彼らだけの城と言っても過言ではなく、部外者はもちろん、王家の人間であっても滅多に出入りすることはない。

ただ最近、一人の女性がキッチンを利用するようになった。

第一王子妃、フィリス・イストニア。彼女は初めてお菓子作りをした日を境に、キッチンを借りることが増えていた。

料理長も最初は驚いたが、熱心にお菓子作りを勉強して取り組む姿をこっそり確認し、彼女なら問題ないと安心している。

そんなある日のことだった。

「こんにちは」

「フィリス様、いかがなされましたか？」

夕食の準備をしている料理長の元に、フィリスがひょっこり顔を出した。キッチンを借りる時間でもないのに顔を出すなんて珍しい。

ほとんど料理を作り終えていた料理長は急いで応対する。

「またキッチンをご利用されるのですか？　でしたら今の時間は……」

「大丈夫です。お散歩をしていたらいい香りがしたので、ふらっと覗きに来ただけですので」

「そうでしたか」

「はい。ですから気にせずお仕事を続けてください。私もすぐに出て行きますから」

「かしこまりました」

すでにフィリスのことを信用していた料理長はフィリスに頭を下げ、最後の仕上げに取りかかる。

視線を外し、フィリスが何をしているか見ていない。

彼も、まさか夢にも思わないだろう。信用している王子妃が、国王の食事に毒を入れるなんて……。

◇◇◇

夕食の時間になり、私は一緒に遊んでいたライ君とレナちゃんを連れ、殿下たちが待つ食堂へと足を運ぶ。

部屋に入ると、すでに殿下が椅子に座っていて、私たちに気づいた。

「兄上！」

「お兄様！」

「ああ、また遊んでもらっていたのか？」

「はい！」

「楽しかったですよ！」

「そうか」

殿下のことが大好きな二人が駆け寄り、殿下も二人の頭を優しく撫でてあげている。この光景を見ているだけで心が温かくなって、思わず笑みがこぼれる。

私も二人と随分仲良くなったけど、やっぱり殿下には敵わないな。

「何してる？　フィリスも早く座れ」

「はい」

私の席は殿下の隣。向かい側にライ君とレナちゃんが座って、後になって陛下と王妃様が部屋に入ってくる。

「待たせたな」

「遅くなってごめんなさい。料理長、夕食の準備をお願い」

「かしこまりました」

料理長さんが丁寧にお辞儀をする。顔を上げた時、ふいに私と目を合わせた気がする。何か言いたげな雰囲気を感じて、私はキョトンと首を傾げる。

それを見ていた殿下が私に尋ねてくる。

「どうかしたか？」

「いえ、なんでもありません」

ただ少し目が合っただけ、なのだろう。

私からは特に用事もないし、今日はキッチンを使ったわけでもない。

しばらく待って、料理が運ばれてくる。相変わらず豪勢な料理が並び、自分が王家の人間になったことを再認識させられる。

そうして始まる夕食の時間は、家族が一緒に過ごせる少ない機会だ。

「レイン、仕事は終わったのか？」

「ええ一応。まだ明日の分が残っていますが」

「ほどほどにしておけよ。パレードが終わってから働き詰めだろう」

「そうよ。フィリスさんには無理をしないように言っておいて、自分が倒れたら格好悪いわ」

「気をつけます」

殿下のことを心配する二人との会話に親子の雰囲気を感じる。

陛下や王妃様はもちろん、第一王子である殿下も多忙な身だ。私もこの城に来て、殿下が一日中のんびりしている姿なんて見たことがない。

国のことは陛下たちが決めるし、王子なんて楽な立場だと思っていた私は、とても恥ずかしい気持ちになった。

忙しいのは自分だけじゃないと思い知らされた。

そういう立場の人たちだから、こうした家族団欒の時間は貴重だ。一か所に集まって話す機会なんて、日々の生活だと食事の時くらいだろう。

みんながとても仲がいいことを知っている分、会えない時間が寂しいこともわかる。だから極力、この時間を邪魔しないように私は静かにしている。

「お前たちはどうだった？」

「姉上に遊んでもらってたよ！」

「お姉様が遊んでくれました！」

「そうかそうか。楽しかったか？」

二人は揃って肯定した。

それを聞いた陛下は嬉しそうに微笑み、視線を二人から私に向ける。こちらを向いたことに気づいた私も、畏まって背筋を伸ばす。

「いつもすまないな。二人の相手をしてくれて、本当に助かっているよ」

「いいえ、私も楽しいので」

「そうか。ならよかった」

「二人とも、フィリスさんのことが大好きね」

「うん！」

「大好きです！」

元気いっぱいに、まっすぐそう言ってくれる双子の兄妹を見て、心がジーンと温まる。部外者だった私の心に手を伸ばし、引っ張ってくれるような。

家族なのだから、遠慮しなくていいのだと、言ってくれている気がした。

「ありがとうございます」

私も大好きだ。二人のことはもちろん、この穏やかな時間が好きだ。

どうか一秒でも長く、この時間が続いてくれたらいいと思う。そう思っていたからこそ……。

「そうだ。フィ……ぐっ……」

「陛下？」

「あなた、どうしたの？」

「ぐっうう……」

突然胸を押さえて苦しみ出した陛下が、力なく椅子から転げ落ちてしまう。

「父上！」

慌てて殿下が立ち上がり、倒れた陛下の元へと駆け寄る。私と双子の兄妹も、カトラリーを無造作にテーブルへ置き、陛下の元へ急ぐ。

陛下は苦しそうな表情で胸を押さえ、呼吸も乱れて全身から発汗している。明らかに普通の状態じゃない。

「まさか……毒か？」

殿下がぼそりと口に出し、咄嗟に出された食事に視線を向ける。さっきまでなんともなくて、急に陛下は苦しみ出した。

食べていた食事に何かが混入されていたと考えるべきだ。陛下の症状も、何らかの毒に侵されていると仮定してよさそうだ。

「私に任せてください」

「フィリス」

「毒を口にした後でも……」

私は陛下の身体に『毒耐性』を付与する。文字通り毒に対する耐性を向上させることで、すでに侵入した毒素に抵抗する。

さらにもう一つ、耐性強化の効果を底上げする効果付与も施す。私の力では解毒することはできないけど、耐性をあげれば毒に抵抗する力を自らで獲得できる。

狙い通りに作用し、陛下の様子は徐々に落ち着いていく。

「これでとりあえずは安心です。あとは薬師、もしくは錬金術師に依頼して、解毒の薬を作ってください」

「解毒薬は常備されていたはずだ。すぐに持ってこさせよう！」

殿下が指示し、外に待機していた護衛の騎士が駆け出す。場は一時的に混乱したけど、陛下の命はひとまず守られた。

安心した王妃様が、私に向けて頭を下げる。

「ありがとう。フィリスさん」

「いえ、当然のことをしただけですから」

私の目の前で、大切な家族を殺させたりはしない。それより気になるのは、一体誰がこんなことをしたのか。

「殿下」

「ああ……」

私と殿下はおそらく、同じ人物を頭に思い浮かべていた。

◇◇◇

国王暗殺未遂事件。

王城の中はその話題で持ちきりだった。さすがに大事すぎて、外に知れ渡ればパニックが起こると考えられ、現在は情報統制がされている。

知っているのはその場にいた者たちと、王城で働く一部の者たちだけだ。

調査の結果、夕食に出された料理の中に毒物が混入していたことが発覚した。調理を担当した料理長が犯人の有力候補に挙がる。

料理長は犯行を否定しており、気になる証言をしていた。

「……私が、厨房に？」

「そう言っていたらしい。厨房で働く他のシェフも確認している」

「そんな……私は――」

「落ち着け、フィリス」

否定しようとした私の口を塞ぐように殿下が口を挟む。

「誰もお前のことを疑ったりしていない。俺も、ライとレナも、父上と母上もだ。お前がそんなことをするはずがないと思っている」

「……」

殿下たちはそう言ってくれるだろう。

表情を見て、私に疑いをかけていないことは明白だった。だけど、彼ら以外はどう思うか。私は元々他国の人間で、最近王城に入ったばかりだ。

建国祭準備の一件もある。

疑われてしまっても無理はない。

「安心しろ。他の者たちも同じだ」

「え？」

そんな私の不安を見透かすように、殿下は口を開く。

「皆、お前のことは疑っていない。料理長も含めて、だ」

「どうして……？」

「あの時間にお前は何をしていた？」

「えっと……」

昼間のことを思い返す。夕食の時間になる前、私はライ君とレナちゃんと一緒に……。

「中庭で遊んでいました」

「そう。二人と一緒に遊んでくれていた。その様子を、何人も見ているんだよ」

「でも、料理長さんはそんなこと」

「ああ、知らないな。けど彼もこう言っている。フィリスがお菓子作りを頑張る姿を見ていたから、料理に毒を入れるなんてこと、するような人だとは思えない、ってね。信用されているんだよ、フィリスは」

殿下の言葉が心に沁みる。

信用……してもらっている。殿下やライ君たちだけじゃなくて、王城で働く人たちにも、私は信用してもらえているらしい。

初めて言われた。あまり実感していなかったから、驚きのほうが大きい。そして遅れて込み上げてくる嬉しさで、胸がいっぱいになる。

「犯人はほぼ間違いなくあいつらだ。証拠はないが確信している」

「……はい」

「問題は方法だ。もう一人のフィリスが王城にいるのだとしたら……面倒だぞ」

「それについてですが、たぶん幻惑系の魔法を使ったんだと思います」

自身の認識を他者とすり替える魔法は存在する。姿形はもちろん、声も変えてしまえる。仕草や言動さえ真似できれば、魔法であると見抜かれない限りバレない。

パレードの一件でも魔導具が使われていた。おそらくは今回も……。

「同様の効果を持つ魔導具を使って、私に成り代わったのだと思います」

「なるほどだ。厄介な道具を……」

「殿下、後で私の部屋に来ていただけませんか？」

「なんだ？」

「渡しておきたいものがあります。それから……」

◇◇◇

あれから三日経過し、陛下の容態はみるみる回復した。

直後に私が施した付与術のおかげもあったのだろうけど、元々それほど強い毒ではなかったらしい。用意した解毒薬を飲んでから、症状も一気に改善した。

「もう大丈夫だ。仕事に戻る」

「ダメですよ。しばらくは安静にしていてください」

「だが仕事が」

「心配しないでください。そういう時のために私が一緒にいるんですから」

陛下が休んでいる間は、王妃様が執務を代行している。普段から一緒に働いていることもあって、滞りなく業務は進んでいるという。

病み上がりの陛下に無理をさせないようにという、王妃様の優しさがよくわかる。

あれ以来、特に目立った動きはない。偽物の私も、見つかったのは厨房に侵入したあの一度きりだけだった。

陛下を暗殺しようとして失敗したんだ。さすがにまずいと思って、諦めたのだろうか？

直感だけど、違う気がする。そもそも、目的は陛下の暗殺じゃないと思っている。殺すつもりなら、もっと強力な毒を用意するはずだ。

他人に化ける魔導具が用意できて、毒は用意できない、なんてこともないだろう。

不安を感じながらも、何も起こらない一日に安堵して、私は眠りについた――


空気が冷たい。

ぶるっと身体が震えて、思わず目が覚めた。

「……ここ……え？」

気づけば私は、見知らぬ部屋の中に座っていた。しかも手足を拘束されて身動きがとれない。

困惑しながら周囲を見渡す。まだ夜なのだろうか。部屋の中は真っ暗で何も見えない。

そこに一つ、声が響く。

「お目覚めかな？」

ぼわっと蠟燭《ろうそく》に灯がついて、私の眼前に、一人の男の顔が浮かび上がる。

「あなたは……」

「おはようございます。フィリス様」

「シュフィーゲル……様」

王家と敵対する五家を束ねる人物……シュフィーゲル・アイゼン公爵のにやけた顔が目の前にあって、思わず背筋が凍る。

「どうしてあなたが……これはどういうことですか？」

「見てわかりませんか？　あなたを誘拐《ゆうかい》してきたんですよ」

弁明することもなく堂々と、シュフィーゲルは犯罪行為を宣言した。私は手足の拘束を解こうとする。残念ながらびくともしない。

「これを解いてください」

「できるわけがないでしょう？　大人しく待っていてください。我々の計画が終わるまで」

「計画？　また陛下を暗殺するつもりですか？」

「何のことですか？」

「この状況でとぼけるつもりですか？」

私は精一杯の怒りを込めてシュフィーゲルを睨《にら》みつける。彼は一切動じることなく、不気味な笑みを浮かべて口を開く。

「それもそうですね。逆に、あれで犯人がわからないのはマヌケすぎる」

「やっぱり……」

「にしては無警戒でしたね。寝ている時が人間は一番無防備になる。攫《さら》うのも簡単でしたよ」

「……魔導具の力ですね」

「ええ、さすが天才付与術師」

彼は煽《あお》るように言う。

王城で働く誰か、もしくは私自身に変装して王城に侵入し、眠っている私を運び出したのだろう。

それだけの魔導具をどうやって……考えられるとすれば、彼らに協力している他国の貴族。私にとっても因縁深い相手……。

他にも魔導具を使ったはずだ。

「サレーリオ様はどこですか？」

「おっと、さすがにもう知っていましたか。なら隠す必要もなさそうだ。もっとも、今ここに彼はいませんよ」

彼はそう言いながら不敵な笑みを浮かべる。その笑みがいかにも不気味で、悪いことを考えているようで、気持ちが悪かった。

「ところで……君なら知っているだろ？　ライ・スキンという魔法を……」

「姿を偽装する魔法ですよね。その効果を持つ魔導具を使ったのでしょう？」

「正解です。とても優れた魔法ではありますが、これには大きな欠点があります。それは、姿形や声は変えることができても、それ以外の要素は本人次第ということです」

姿や声を偽っても、本人の癖や話し方、記憶まで偽装することはできない。変身した対象をよく知らない人物が演じても、完全に化けることは難しい。

むしろ、見た目が同じだからこそ、雰囲気や言葉の差を大きく感じてしまう。

「ただし、逆に言えば癖すらカバーできる者が変身したら、誰も見抜くことはできないんですよ」

「それが……！」

身体に電流が走ったような感覚に襲われる。

わかってしまった。シュフィーゲルが何を言いたいのか。

どうしてこの場に、サレーリオ様が不在なのか。

「まさか……狙いは陛下じゃなくて……」

「そう、あなたの夫の……レイン殿下ですよ」

血の気が引く。

ニヤリと浮かべたシュフィーゲルの笑みに、怒りが込み上げて私は暴れる。残念ながら暴れたところで拘束は解けない。それでも、じっとしていられない。

「慌てたって無駄ですよ。もうすでに、例のお茶会の時間です」

「――――！」

そうだ。今日の昼はお茶会があって、珍しく午前中にライ君たちも予定があるから一緒に遊ばない。

殿下と会うまで、誰とも関わらない。

　暗い部屋の中では時間もわからず、かすかに部屋の隙間から外の光が見える。夜だと思っていたけど、とっくに太陽は昇っていたらしい。

「我々の計画はこうです。あなたは愛する夫を殺し、罪人となる。王族の間で起こった不和は、必ず外へと伝播《でんぱ》する。そうなれば……そんな女を王子妃に選んだ今の王家の信用は一気に失墜する」

「そんなことのために……」

「そんなこと？　我々にとっては重要なことですよ。この国を……あんな王族に任せてはおけませんからね」

「それはこっちのセリフです。あなたみたいな野蛮な人に、この国は任せられない。ここはもう……私の国です」

　私は声を荒らげ、シュフィーゲルを睨む。

　恐怖はある。今も身体が震えている。それでも……黙ってはいられない。私だってこの国の……王族の一員なのだから。

　シュフィーゲルはいやらしい笑みを浮かべる。

「残念ですね……その様子じゃ、交渉も無意味そうだ」

「交渉……？」

「気づきませんか？　我々の計画ではあなたに第一王子殺しの罪人になってもらう予定だったんです。つまり、あなたはもう必要ない。殺してしまっても……問題ない」

「――」

背筋が凍る。シュフィーゲルの言葉から、声から、表情から、本気の殺意を感じる。耐えていた恐怖が膨れ上がる。

そんな私に、彼はニコリと微笑みながら言う。

「ただ、それでは少々もったいない、とサレーリオ殿が言っていました。確かにその通り、あなたの能力は極めて貴重だ。だから、チャンスをあげましょう」

「チャンス……」

「今ここで我々に忠誠を誓ってください。そうすれば、命は助かります」

「なっ……そんなこと……」

「できませんか？　なら死んでもらうだけですよ」

徐々に声が低くなり、視線も冷たくなるシュフィーゲルに、私の心は冷たくなる。胸の中が不安と恐怖で満たされていく。

「怖いでしょう？」

「……」

図星だ。死ぬことは怖い。怖くない人なんていない。

「忠誠を誓いなさい。我々の命令に従順なしもべになれば、殺さずにいてあげますよ。普通の生活は一生できませんが、死ぬよりはマシでしょう？」

「……」

彼らによって私は王族殺しの罪を背負うことになる。そうなれば二度と、この国では生きていけない。それどころか日の当たる場所にも出られない。

それでも、生きてはいける。彼らの命令に従い、付与術を使っていれば殺されない。

「そんな生き方……私は嫌です」

「……ほう」

死ぬのは怖い。だけど、そんな生き方をするほうがもっと怖い。

私は自分の意志で宮廷から出て、この国にやってきた。経緯はどうあれ、私をあの地獄から解放してくれた人がいる。

部外者だった私を、本物の家族のように大切にしてくれる人たちがいる。たとえ死につながるとしても、あの人たちを裏切るなんてできない。

偽りの夫婦でも、私は殿下のことを――

「愛する人を、裏切るつもりはありません」

「……やはりそうですか。ならここで――」

シュフィーゲルの背後から武器を持った男が二人、こちらに歩み寄ってくる。

私は目を瞑る。恐怖から逃げるように。

ごめんなさい殿下、私はここまでみたいです。せめて……どうか殿下やみんなは幸せになってください。私はそれだけで……。

恐怖でいっぱいになった心が欠壊し、涙となって流れ落ちる。

やっぱり怖い……嫌だ。

死にたくなんて――

「殿下……」

「――ここにいるぞ、フィリス」

「え……」

声が聞こえて、私は目を開ける。

いつの間にか部屋は明るくなっていて、視界もハッキリと晴れていて……。

私の前にはシュフィーゲルじゃなくて、愛する夫がいた。

「殿下……」

「遅くなって悪かったな。お前のおかげで間に合ったぞ」

「……うぅ」

殿下が持っていた剣で拘束を外してくれた。

「ほら、これで――!」

途端、私は勢いよく殿下の胸に飛び込んだ。いろんな感情が生まれたけど、一番込み上げてきたのは安堵だ。

生きていてよかった。私も……そして、殿下も。

「よかった……殿下……」

「言ったろ？　お前のおかげだよ」

そう言って殿下は右手の中指にはめられた指輪を私に見せてくれる。それは私が殿下にお守りとして渡していた魔導具だった。

「ちゃんとつけていてくれたんですね」

「当然だ。フィリスからもらったものだからな」

「……はい」

「くそっ、離せ！」

後ろでは騎士に拘束されたシュフィーゲルが暴れている。仲間たちもすでに騎士によって鎮圧された後だった。

私が目を瞑《つむ》っている一瞬の間に、この場は完全に抑えられていた。

「考えが甘かったな。アイゼン公爵」

「レイン殿下……」

「俺の妻は、お前が思っている以上に優秀だよ」

◇◇◇

時は少し遡り、日差しが穏やかな昼下がり、レインはお茶会の場所へと向かった。

いつものようにフィリスが先に座って待っている。

「こんにちは、殿下」

「……ああ、待たせて悪かったな」

レインはフィリスと向かい合いように席へ座る。テーブルにはお茶とお菓子が用意されていて、お茶会の準備は万全である。

「今日もお仕事はお忙しいですか」

「そうだな。最近は特に、考えることが増えているよ」

「あまり無理なさらないでください」

「ああ」

いつものように会話を楽しむ二人だが、これはフィリスの姿をしている偽者である。魔導具で姿と声を偽り、仕草や口調、話す内容も真似ている。

違和感なく、フィリスを演じていた。レインに気づかれることなく、彼が毒入りの紅茶を飲むのを待っている。

レインが紅茶に手をかけた。

「ところで、フィリス。あの件はどうなっている？」

「え、あの件……というのは？」

「おい忘れたのか？　次のお茶会で作るお菓子のことだよ。今度はもっと難しいお菓子に挑戦すると言っていたじゃないか」

「あ、ああ、そのことですね。お任せください。殿下のために、精一杯作らせていただきます」

上手く演じているつもりでも、彼は知らない。

フィリスがこの国に来てからどう過ごし、何をしてきたのか。身近な者にしか見せていない素顔を、他人になった彼に知る方法などない。

「へぇ……意外だな。お前もお菓子が作れたんだな……サレーリオ」

「――!?」

動揺が顔に出ている。対してレインは不敵に笑う。

「な、何を……」

「この指輪、なんだと思う？」

「それは……」

「わからないか？　お前からもらったものだぞ」

ここで示しているのは目の前にいる偽者ではなく、本物のフィリスのことだった。フィリスが自分で手渡したものを把握していないはずがない。

ましてやこれは、ただの指輪ではない。

「彼女は付与術師だ。この指輪に付与してあるのは、あらゆる幻惑の無効化。これを身に着けている間、俺はどんな幻覚も見ない」

「……」

「滑稽《こっけい》だったぞ。最初から俺の目には、必死に昔の女の真似をする哀れな男が映っていたんだからな」

「くっ……」

フィリスの姿をしたサレーリオは立ち上がり、懐から短剣を取り出す。毒殺は失敗しても、周囲には自分がフィリスに見えている。

ならばこの姿のままレインを殺せばいい。咄嗟の判断としては悪くない。だが、相手が悪かった。

「ぐ、うっ」

「悪いな。遅すぎる」

レインは軽くナイフを持っている手を叩き、そのまま腕を摑んで投げ飛ばし、サレーリオを上から組み伏せる。

流れるような動きに、サレーリオは理解が追いつかない。

「咄嗟に殺そうとしたのは褒めてやる。けど実力不足だ。そんな動きで、一国の王子の首が取れると思うなよ」

「くそっ……こんなところで……」

「そう、終わりだよ。こんな茶番も、お前の思惑も」

◇◇◇

「――という感じで、サレーリオはとっくに捕縛済みだ。現場も抑えたし、今回こそ言い逃れはできないぞ？」

「……よろしいのですか？　我々は貴族です。貴族の中から裏切り者が出たなどと知られれば、国民は不安に感じるでしょう」

「それをお前が言うのか。生憎だが、その不安を受け止めてこそ王族なんだよ」

「っ……」

殿下は私をぎゅっと抱き寄せ、力強い言葉と視線でシュフィーゲルに宣言する。

「覚えておけ。ここは俺たちの国だ。私利私欲のために他国の人間すら引き込み、非道を尽くすような奴らに、この国を任せられるか。それに……」

殿下の抱き寄せる力が、少し強くなった気がする。

私は殿下の顔を見上げる。殿下はとても怒っていた。シュフィーゲルに対して、眉間にしわを寄せて怒りを発露する。

「俺の妻に手を出そうとしたんだ。ただで済むとは思わないほうがいいぞ」

「殿下……」

いろいろあったけど、その言葉が一番嬉しかった。

こうして、王城で起こった一大事件は終幕した。

エピローグ　偽りか、本物か

カンカンカン――

木製のハンマーの音が鳴り響き、一人の罪人が拘束された状態で法廷の中心に立たされている。

「これより裁判を開始する」

罪人の名はサレーリオ・ラトラトス。罪状は他国の政治への無断介入と、王族暗殺未遂である。

審議するまでもなく、重い判決が下されることは明白だった。唯一の恩情は、他国ではなく自国で裁かれるということだろう。

その場で死罪とならなかっただけ、彼は感謝すべきだ。

「……くそ」

小さく声を漏らし、彼の頭の中は後悔の念で埋め尽くされていた。だが、今さら何を悔いたところで手遅れである。

一人の人生を狂わせただけでなく、他国の王族の命まで脅かしたのだ。殺されずに済んだのも、かつての婚約者のおかげである。

もしも本当に他国の王族を殺していれば、彼は一生かけても償えない罪を背負うことになった。

それ故に、恨むのではなく感謝したほうがいい。もっとも、そんなことを彼に言ったところで、素直に感謝するはずもない。

サレーリオ・ラトラトスとはそういう男である。

自身のために他者を利用し、平気で使い捨てるような男だからこそ、最後は誰も助けてはくれない。彼に味方など……最初から存在しなかった。

◇◇◇

「それじゃあ、サレーリオ様のことは……」

「ああ、向こうに任せた」

お茶会で私はレイン殿下から後日談を聞く。

罪を犯した者たちは平等に裁かれ、そのほとんどが牢獄に入れられることになった。貴族であれ、罪を犯した者の末路は同じだ。

彼らはこの先の長い生涯を、冷たく暗い牢獄の中で過ごすことになる。それこそがしてしまったことへの償いとなる。

ただ、サレーリオ様だけは例外だった。彼はこの国の人間ではなく、私の故郷の出身で、しかも貴族の一人だ。

行動は彼の独断だったとしても、このままこちらの国で裁くと、国同士の問題に後々発展しかねない。下手をすれば戦争になる。

そうならないために、殿下と陛下はサレーリオ様を引き渡した。処遇はそちらに一任する。その代わりに、二度とこのようなことがないように、と。

「ここまでのことをしたんだ。さすがに貴族でも守る盾がない。厳正な処罰が下るだろう」

「そうですか」

これでようやく、私たちの周りで起こっていた事件も終わる。

「そういえば、あの魔導具はどこから仕入れていたんですか？」

「ああ、あれは向こうの宮廷魔導具師を騙《だま》して作らせていたらしいぞ」

「あ、やっぱり……」

なんとなくその予感はしていた。最初に候補に浮かんだのはレイネシアさんの顔だった。彼女は今頃どうしているだろう。

正直、あまり興味もなくて考えていなかったのだけど……私が思っている以上に大変な目に遭っていそうだ。少しだけ同情する。

「改めて礼を言うよ。フィリスのおかげで上手くまとまった」

「いえ、むしろ私のせいで迷惑をかけたようなものなので」

「サレーリオのことか？　あれは気にするな。たちの悪いストーカーだったと思え」

「あはは……」

本当にその通りだから否定する言葉もない。

国を出てからも粘着して、あまつさえ王族暗殺の片棒を担ぐなんて……呆れてしまうほどに愚かな人だ。

そんな人と一時的にでも婚約を結び、信じていた自分が恥ずかしいと思える。

「さて、事件も一件落着だ。お互いこれで安心できるだろ」

「そうですね。殿下は午後もお仕事ですか？」

「いや、今日は休みにしようと思ってる」

「そうなんですか？　珍しいですね」

いつも忙しそうにしている殿下がお休みなんて……さすがにいろいろありすぎて疲れているのだろう。

「フィリスも休みだろ？」

「はい。私は大体いつも暇しています」

おかげさまで、この国に来てからのんびり過ごす時間が増えた。宮廷時代と比べたら、まさに天国と地獄である。

「なら丁度いい。午後から出かけるぞ」

「え、どこにですか？」

「覚えてるか？　前に王都を案内するって約束しただろ？」

「ああ……」

言われて思い出した。

スメールでの防衛戦が終わったら、殿下が私に王都を案内してくれるという約束をしたことを。

あれから忙しすぎて、そのことをすっかり忘れていた。殿下も忘れていると思っていたら……。

「覚えていてくださったんですね」

「まぁな。今から行こうと思うんだが、さすがに急だったか？」

「……いえ、嬉しいです」

覚えていてくれたことも、ちゃんと約束を守ろうとしてくれることも……私は嬉しくて、胸がいっぱいになる。

「じゃあ……行くか」

「はい」

殿下が私に手を差し伸べ、その手を握る。

男の人の大きな手……硬いけど、優しい手を握りしめる。

「夕方までには帰らないとな。時間もないから、少し駆け足で案内する」

「はい。ついて行きます」

殿下に手を引かれ、私たちは中庭を飛び出して、王城の外へと向かう。

門を抜けた先で、王都の景色が見下ろせる。改めて見ると広くて、私が生まれ育った場所との違いもなんとなくわかる。

「よく見て覚えておけ。今度はフィリスが、誰かにこの街を案内できるくらいになってもらわないとな」

「……そうですね。殿下の妻として、街のことくらい知っていないと笑われますね」

「そういうことだ。まぁ心配はしていない。どうせずっといるんだ。そのうち……覚えるだろ」

「はい」

元宮廷付き付与術師の私は国を渡り、見知らぬ王子様と結婚した。互いの利益のために手を取り合い、そこに愛はない。

偽物の夫婦……はじめはそうだった。だけど今、少しずつ変化している。

誰でもよかったはずなのに、他の誰かなんて考えられないと思うようになってきて。愛していなかったはずなのに、触れ合う度に鼓動が早くなって。

気づけば、相手のことばかり考えている。

いつの間にか、私の心の中には殿下がいて、殿下の心の中にも……私がいる。始まりは偽りでも、
今ここにある思いは……本物だ。

「殿下」

「なんだ?」

「これからも、末永くよろしくお願いしますね」

「ははっ、何を今さら」

殿下は微笑み、優しく握った私の手を引き、王都の街へと歩き出す。

「こっちのセリフだ」


偽装結婚から生まれる恋がある。

私たちが出会ったのは偶然じゃなくて、運命だったのかもしれない。

閑話　ただの夫婦

王城のキッチンに立ち、右へ左へと忙しく動き回る。少し離れたところで、キッチンの主である料理長が私のことを見守ってくれている。

いつも困った時に助言してくれるから、素人同然の私にはありがたい。さすが王城のシェフともなると、古今東西あらゆる料理の知識、技術を網羅《もうら》している。

当然、美味しいお菓子の作り方だって完璧だった。

「えっと、次はクリームを」

趣味で始めたお菓子作りも、何度も繰り返すことで慣れてきた。自分でもわかるくらい動きに迷いがなくなった。

次は何をすればいいのか。わからなくて考える時間が減り、次へ次へと作業を先読みして行えるようになったからだ。

手慣れるほどに他のことに気を遣う余裕も生まれる。最初は形よりも味を優先して作っていたけど、最近は見栄えも大事だと思えるようになった。

何を隠そう、この国の王子様に食べてもらうお菓子なんだ。恥ずかしくないものを、とある種の欲が生まれる。

そんなことを気にしなくても、あの人なら美味しいと喜んでくれるのに。もっと喜んでもらいたいとか、幸せな顔を見せてほしいと思う。

「ふふっ」

初めてここに来た頃とは考えられない心境の変化だ。

「姉上が楽しそうにしてる！」

「本当ね！　とっても嬉しそう！」

「ああ、ライ君とレナちゃん」

いつの間にかキッチンには双子の王子とお姫様がひょこっと顔を出していた。二人ともニコニコ楽しそうに笑い、私の左右に立っている。

「こんにちはお姉様！　新しいお菓子を作っているんですか？」

「ええ、この後はお茶会なの」

「お茶会！　兄上と？」

「そうよ」

夫婦の絆を深めるためのお茶会は、なんやかんやといって今でも続いている。忙しい身で無理に時間を作ることに最初は否定的な感情もあったけど、今はそうは思わない。

伝統とか風習に囚われず、ただ会いたいと思うようになったから。

「そっかー、だから兄上……」

「わかっちゃったね、ライ君」

「そうだね！　レナちゃん」

「ん？」

二人とも顔を見合わせて何やら楽しそうに話している。何の話をしているのか聞いても、二人は口を揃《そろ》えてこう言う。

「「内緒！」」

そう言って二人はひょいとキッチンから走り去った。二人は相変わらず元気いっぱいで、見ているこっちも元気をもらえる。

私は最後の仕上げを済ませて、できあがったお菓子を眺める。

「……よし」

これなら殿下も……喜んでくれるよね？

◇◇◇

お茶会の時間になり、一足先に到着した私は椅子に座って殿下が来るのを待つ。何度も経験した待ち時間も、今日は特に長く感じる。

いつも以上に気合を入れてお菓子作りに取り組んだからだ。今か今かと待っていると、足音が聞こえてくる。

「遅くなって悪い、フィリス」

「――殿下、お待ちしていました」

少し走ってきてくれたのだろう。わずかに呼吸が早いことに気づいて、嬉しくなった私は精一杯の笑顔で出迎えた。

彼は椅子に座ると、さっそく目の前に並んだお菓子に注目する。

「ケーキ……これもフィリスが作ってくれたのか？」

「はい。よくおわかりになりましたね」

「ああ、実はお前が厨房に入っていくところを偶然見かけてな。今日のお茶会でもお前のお菓子が食べられると思ったから、期待していたんだ」

「そうだったのですね」

期待してくれていたことを知り、胸がジーンと熱くなる。キッチンに訪れたライ君とレナちゃんの反応を思い出して、そういうことかと納得する。

「食べてもいいか？」

「もちろんです。お召し上がりください」

初めて作ったケーキを、殿下はパクリと口に入れる。緊張の瞬間だ。ケーキはこれまでのお菓子より難しかった。味見はしたけど、ちゃんと美味しいと……。

「美味しい。すごいなフィリスは」

「――ありがとうございます」

ちゃんと言ってくれた。嬉しそうに、満面の笑みでハッキリと、美味しいという一言が聞こえてホッとする。

頑張って作った甲斐があった。殿下に食べていただけるものを作ろうと、これまで少しずつ練習してきた成果が出たのだろう。

「フィリスならお菓子のお店でも重宝されそうだな」

「そんな、私なんてまだまだ未熟です」

「十分すごいさ。でも、あまりに上達されても困るな。どこかの店に引き抜かれでもしたら、俺が食べる分がなくなる」

「ふふっ、そんなことにはなりませんよ。私は殿下の妻ですから」

このお菓子作りも、殿下に喜んでほしくて頑張っているみたいなものだ。だからこそ楽しいと思える。殿下が美味しいと褒めてくれることが私の糧になっている。

「そうか。なら安心だ」

「はい」

私たちの間を穏やかな風が吹き抜ける。今日はいつもよりも暖かくて、お昼寝なんてしたら気持ちよさそうな陽気だ。

「最近、特にこの時間が待ち遠しい」

ケーキを食べながら殿下は語る。優しく微笑みながら。

「忙しいからか。お前との時間が減って、寂しいと思う」

「殿下も、そう思ってくださるのですか？」

「当たり前じゃないか。俺はお前の夫だぞ？　夫婦の時間を大切にしたいと思うのは普通だ」

「普通……ですね」

それが普通だと思えるようになったのはいつごろからだろうか。偽装結婚でしかなかった私たちの関係は、時間をかけて変化していった。

思いは通じ合い、愛し合えることに気づいて、偽りではなくなってしまった結婚生活。王族という立場を除けば、私たちの関係をどう表現するだろう？

ただの仲良しな夫婦……うん、それが一番ピッタリ合いそうだ。

あとがき

初めまして皆様、日之影《ひのかげ》ソラと申します。まず最初に、本作を手に取ってくださった方々への感謝を申し上げます。

付与術師として規格外の才能と技術を持ちながら、周囲からのパワハラに耐え続けていたフィリスが運命の出会いを果たし、慌ただしくも楽しい日々を過ごしていく様子はいかがだったでしょうか？少しでも面白い、続きが気になると思って頂けたなら幸いです。

付与術師という職業の主人公を書くのは二度目なのですが、前回は男性、今回は女性キャラクターということで、表現の違いを感じつつ、皆様に伝わるよう執筆しました。

現実でも努力が報われず、理解されなくて悔しい思いをすることは多々ありますが、必ず見てくれている人はいますので、めげずに頑張っていきたいですね！

最後に、素敵なイラストを描いてくださったすらだまみ先生を始め、書籍化作業に根気強く付き合ってくださった編集部のＴさん、Ｉさん。ＷＥＢから読んでくださっている読者の方々など。本作に関わってくださった全ての方々に、今一度最上の感謝をお送りいたします。

それでは機会があれば、また二巻のあとがきでお会いしましょう！

ファンレターはこちらの宛先までお送りください。

〒110-0015　東京都台東区東上野2-8-7
笠倉出版社　Niμ編集部

日之影ソラ 先生／すらだまみ 先生

偽装結婚のはずが愛されています
～天才付与術師は隣国で休暇中～

2023年8月1日　初版第1刷発行

著者
日之影ソラ

発行者
笠倉伸夫

発行所
株式会社　笠倉出版社
〒110-0015　東京都台東区東上野2-8-7
[営業]TEL　0120-984-164
[編集]TEL　03-4355-1103

印刷
株式会社　光邦

装丁
AFTERGLOW

Niμ公式サイト　https://niu-kasakura.com/

ISBN　978-4-7730-6420-9
Printed in Japan